Maria Clara Mattos

Depois da chuva

GUTENBERG

APRESENTAÇÃO
por *Joaquim Ferreira dos Santos*

Literatura nunca é exatamente o que se está lendo, porque muitas vezes, principalmente nos melhores livros, chega um momento em que você já não está lendo mais coisa alguma. Você é tomado pela certeza de que entrou fisicamente nas páginas. Deixou de ler para se intrometer na vida alheia, nas sensações de outrem — de preferência em livros sem palavras como "outrem". Os personagens também aproveitaram a confusão para saírem do papel, talvez viverem a vida de leitor e se revoltarem contra a autoridade do escritor.

Os heróis e os vilões passam a andar serelepes pela cozinha do leitor, esparramam-se pelo sofá e vão se refestelando pelos cantos da intimidade recém-adquirida, página após página, todos encarregados de colocar caraminholas no lado esquerdo do cerebelo de todos nós. A eles, sirvo o melhor café da casa, feito pelas mãos hábeis de Tia Nastácia. Ofereço madeleines. Os cronópios a tudo assistem.

Eu sempre tive dificuldade em entender rótulos do tipo "realismo mágico" ou "literatura fantástica" — como se pudesse haver outra escrita artística. *Depois da chuva* começa com uma cena do mais puro hiper-realismo no cenário carioca, a do encontro de um casal na calçada tumultuada da Casa e Vídeo de Ipanema. É uma história de amor, mas não se deixe enganar pelo vai e vem das paixões que Maria Clara Mattos narra em estilo suave, em períodos curtos que deixam o leitor respirar e ter fôlego para agradecer tanta leveza. Os personagens são intelectualizados, com citações e cenários cultos, na roda viva entre a Zona Sul e o fim de semana na Serra, embora Macaia saiba que isso não quer dizer nada. Na hora da felicidade, do encontro das almas gêmeas, ou da tristeza, quando se percebe que elas não são tão unha e carne assim — nesses momentos, sejamos ricos ou favelados, todos nos comportamos com a mesma falta de hierarquia social. Melosamente românticos, como num fotograma da revista *Sétimo Céu*, ou desesperadamente vingativos, como num samba-canção de Lupicínio Rodrigues. Somos todos iguais nessas noites.

Quando o casal deixa de circular pela calçada pop da Avenida Visconde de Pirajá, Maria Clara Mattos faz com que ele rume por becos com outra luz que não o neon sentimental. A realidade urbana vista por ela passa a brincar com os fios de imaginação, mergulha em aquedutos construídos sob meias verdades e meias mentiras, estradas que vão dar no outro mundo de interesses da escritora: a literatura e o que ela esconde sob as anáguas de suas palavras.

Será que um escritor é capaz de "roubar a alma de uma pessoa de carne e osso" e transformar em história? Por que os personagens são tão reais enquanto a gente escreve?

Depois da chuva, um romance interessado nas particularidades do ato de escrever, no quebra-cabeça da construção do texto, na relação do autor com seu ofício, poderia receber o carimbo de metalinguagem — é um livro sobre livros —, mas um palavrão desses seria injusto. O texto, gostoso, fluente, não tem paralelepípedos entre as vírgulas. Pode ser lido como um sofisticado jogo literário ou como uma *soap opera* pronta para ser roteirizada para a TV.

Antônio Maria, o escritor fino das noites sentimentais de Copacabana, gostaria de ler. Ele dizia que o homem só tinha duas missões importantes neste vale de lágrimas: "escrever com dois dedos e amar com a vida inteira". *Depois da chuva* fala das delícias e dificuldades de se realizar essas duas mágicas — e o resultado é muito bom. A propósito, Maria Clara Mattos tecla com seis dedos.

*O rosto de um homem é sua biografia.
O rosto de uma mulher é sua obra de ficção.*

OSCAR WILDE

Cinco e quarenta e cinco da tarde e ela está em frente à Casa e Vídeo. Cinco e quarenta e cinco da tarde e chove torrencialmente e é hora do rush na cidade maravilhosa e ela está em frente a uma loja de departamentos que já foi um cinema e não é mais.

Já foi um cinema e não é mais, e ela também parece já ter sido alguma coisa. A falta de passado no rosto dela faz com que ele interrompa tudo, até o pensamento. Alguma coisa no cabelo dela invade os olhos dele. Alguma coisa nos olhos dela move a história dele. Ele se pergunta se falta na vida daquela mulher colher de pau, frigideira, panela de pressão ou tábua de passar. Qualquer coisa que uma loja de utensílios resolva. Alguma coisa falta. Ele conhece os pedaços em branco. Coisas que a vida leva nos acidentes de percurso. Mesmo. Acidentes e de percurso.

Cinco e quarenta e cinco da tarde e ele acha que ela não sabe o que está fazendo ali. Pensa que ela não existe. É um fantasma. Mas quando alguém fala com ela, quando ela vê as pessoas indo e vindo dos bancos, supermercados, colégios, empregos, cartórios — os olhos cheios de vazio —, ele sabe que algum instinto sádico — que quer a vida mesmo com a morte por dentro — faz com que ela continue ali. Aqui. Cinco e quarenta e cinco da tarde — talvez quarenta e sete agora — e ele vê que a echarpe dela escorrega do pescoço pro ombro, do ombro pro chão, do chão pra poça, e ela não percebe. Nem a chuva ela percebe. Ele toca no ombro dela e estende a echarpe. "É sua?"

Ela pega o pedaço de pano dizendo "obrigada", mas não se mexe. Ele enxerga o vinco na testa dela, o chão nos olhos, o opaco na voz, a distância entre as sobrancelhas, o centímetro do nariz até a boca, a mão levando o cabelo pra trás da orelha. Uma fração de segundo. Ele registra, redige, recorta. Já viu aquele rosto? O tempo parado, o tempo daquilo que não existe.

Uma buzina desesperada faz tudo ficar real de repente e ela enrola a echarpe molhada no pescoço, abaixa a cabeça e sai andando. Quando ele quer perguntar o nome dela, já é tarde demais. O corpo vivo só por fora daquela mulher já está distante do homem morto por dentro, parado na calçada. Uma senhora de camisa xadrez se aproxima dela. Ele não ouve o que dizem, mas vê que a mais velha abraça a mais nova. A mulher da echarpe até chega a olhar pra trás, mas um vendedor de guarda-chuvas de arco-íris invade a paisagem.

É como se ela estivesse dentro e fora da imagem. Como se fosse real e de mentira. Ao mesmo tempo. Dentro dele.

1

Laura está atrasada. Já tinha que estar no colégio da filha. Não, no balé da filha. Não, no teatro onde o balé do colégio da filha vai se apresentar. Está se apresentando. Faz sinal debaixo da chuva pra um táxi, estranha e milagrosamente vazio, parado no meio-fio, refletindo o verde do sinal na poça e no vidro.

"Obrigada. O senhor caiu do céu!" Ela entra no carro tirando a echarpe ensopada. O motorista arranca, espirrando a água da chuva que respinga na janela, e o celular dela toca dentro da bolsa. O barulho do limpador de para-brisa mais o da chuva mais o do rádio do táxi que dá o boletim de trânsito se misturam à cítara que é o toque do celular dela. No visor aceso: Marcos.

"Cadê você?"

"Tá um trânsito horrível. Já começou?"
"Guardei lugar. Fila E, as duas da ponta esquerda. Vai começar. Beijo. Te amo."
"Beijo." Ela aperta a tecla vermelha do *end* e volta a se comunicar com o mundo. Pelo boletim sem rosto no painel do carro, o rádio, fica sabendo que o final de semana ia ser de chuva de não sei quantos mililitros, e também que a saída pro feriado formava quilômetros de engarrafamento na Região dos Lagos. Engraçado querer sair correndo no feriado. É quando a cidade fica mais bonita. É quando a cidade fica mais casa. Mas parece que todo mundo tem horror de casa. As pessoas preferem ficar alagadas num mar de carros e de chuva em vez de pedir pizza e olhar os raios pela janela.

Ela gosta dos dias de tempestade, sempre gostou, ainda mais agora que a vida dela é calma. Um trovão de vez em quando não faz mal a ninguém. Ela gosta dos seus dois sofás, de três e dois lugares, do tapete cheio de pelos, já que eles não têm cachorro, da falta de TV na sala, dos janelões de vidro que dão pra praça. Ou pro que era a praça antes da obra. Ela gosta quando Marcos traz a taça de vinho e eles ficam observando os pingos estalando no chão. Gosta mais ainda quando Júlia vem do quarto, pantufa de bicho encardida no pé e fala "mamãe, vocês vão ficar vendo a água cair?". Normalmente, eles riem e respondem que vão e a menina diz que acha chato, que prefere ler um livro. Laura gosta quando a filha diz que prefere ler um livro porque ela trabalha com livros há tanto tempo que nunca teve coragem de escrever um. Se a Júlia vai viver na ficção ela não sabe, mas sabe que a filha tem

uma infância acompanhada. Sem a angústia da solidão que ela, que teve quatro irmãos, conheceu. Depois a vida ajeitou as coisas e ela esqueceu de se sentir sozinha. Viajou, conheceu gente, começou a trabalhar cedo, conheceu mais gente, leu coisas, viu coisas, andou pra cima e pra baixo, tomou porre, andou de conversível e conheceu o Marcos. Porto seguro, namorado pra toda hora, piquenique e cinema. Acampamento e hotel cinco estrelas. Homem sólido. É isso. O Marcos é um homem sólido. Bonito até. Mas nem foi a beleza. Foi o olhar. Uma certeza. Um vínculo. O marido ideal.
"A senhora vai descer aqui ou quer que eu entre no estacionamento?"
Saltou na chuva mesmo, mas nem se apressou porque já estava molhada. Por dentro e por fora.

/ / o /

Os acordes eram apoteóticos. O balé, uma espécie de *O Lago dos Cisnes* infantil. Rothbart era uma ave de rapina em forma de menino gorducho. Sua Júlia, tão parecida com ela, já era Odette aos seis anos. Laura, ensopada, mão esquerda enroscada na mão direita do marido, ameaçou um golpe de medo quando relâmpagos falsos iluminaram a cena. Uma sensação estranha. Mas a garota pequenininha, concentrada com a firmeza de um adulto na pirueta ainda desengonçada, acalmou seu coração. A filha era a certeza do futuro. Era o presente dela e do Marcos, que protegia sua mão de veias saltadas com a mão grande e lisa dele.
Era bom aquilo tudo. A vida.

// • /

Pra Laura, a vida é uma questão de método. Família estável, emprego que dê dinheiro, mas também dê prazer. Era assim a vida dela. Até que ficou tudo fora de lugar. A culpa é dele. Tudo começou quando ela conheceu o Edgar. Ele foi parar na sala dela com um manuscrito ruim, mas ela gostou dos rabiscos; disse só que estava tudo muito piegas, visceral demais num sentido não bom, que parecia vida real e não ficção. Mas era mesmo, vida real. Virou ficção depois dela.

A sala era arrumada, foto de família na mesa. Estantes organizadas... nem parecia uma sala de editora, parecia mais um banco. Livros em ordem alfabética. Até os empilhados no chão. Muitos calhamaços de papel. Coisas que ela tinha que ler; que não ia ler; que tinha lido, mas não tinha gostado; que ia jogar no lixo. Mas antes, ela dizia, antes um e-mail polido pro desgraçado ou pra desgraçada que estava em casa esperando desesperadamente uma resposta. Não foi o caso dele. Não se sabe se ele pegou a mulher num dia bom ou se realmente suas palavras tortas tinham algum calor.

Ele escrevia diários de viagem. Desde os dezessete. Bom, aos dezessete ele queria escrever diários de viagem. Escrevia, mas ficava tudo num caderno. Ele viajava muito, passou a infância pulando de galho em galho, fazendo amigos sem fazer, escolhendo sem escolher, o pai era diplomata. Aos dezoito fez a mala — nem foi mochila porque ele sabia que era um caminho sem volta — e foi embora. Deu um beijo na mãe, que não entendeu, abraçou o pai, que entendeu tudo. E concordou. Falou "Meu filho, a vida é uma só. Quer algum?" Ele disse que não queria, dinheiro cada um tem que fazer o seu. E viajou. Mais ainda do que quando vivia com eles, porque viajou sem rumo, sem hotel nem garantia. Foi garçom, lavou prato, fez o que quase todo jovem faz quando sai do Brasil pra viver no exterior. Foi pro Peru, lugar que ele não conhecia — o pai era chique, só fazia diplomacia com o primeiro mundo. Ficou doidão no Peru, claro, mas não teve nenhum encontro espiritual. Comeu mulheres de olho rasgado, teve falta de ar por causa da altitude, usou poncho e gorro, cansou. Do Peru foi pra Malásia. Não pra Tailândia, porque ele estava cansado de coisa hippie, fundamental. Foi pra Kuala Lumpur. Queria uma cidade com rodovia, roda gigante e buzina na hora do rush, mas onde as placas de trânsito não fossem fáceis de ler. Comeu muitas chinesas em Kuala Lumpur, mas não foi nas Petronas Twin Towers porque não queria ser turista. Nunca quis ser turista. Morou em Paris e não foi na Torre Eiffel. Nunca. Morou em Nova Iorque e não foi ver a liberdade de perto. Muito menos o Big Ben em Londres. Mas foi ao festival de Edimburgo. Tinha uns dezesseis, ainda morava com os pais, naquela época em Londres, e acreditava em personalidade e cabelo comprido, os pelos incertos do rosto determinando que a vida não é fácil. Pra ninguém. Mas era a idade dos festivais, e como ele nunca gostou de rock — pra falar a verdade nunca gostou de música, sempre achou um incômodo no caminho da palavra —, acabou indo ver comediantes, poetas, gente esquisita em quantidade naquela cidade quase gótica, um pedaço de vida anciã tentando alcançar a modernidade. Bebe-se muito em Edimburgo. Ele bebeu muito, mas não comeu ninguém. Era jovem e achava que ainda tinha muito sexo pela frente. Queria mesmo era ficar bêbado no meio da rua, olhando gente em movimento.

Depois de Kuala Lumpur, ele foi pra Itália. Rodou um bocado. Comeu mulheres cadeirudas na maior parte das cidades. Só em Milão que comeu magras de cabelo moderno. Cansado da Europa, foi pra Portugal e achou estranho ouvir a língua pátria falada como se fosse russo. Teve um certo *banzo*, mas não voltou pro Brasil. Os pais tinham voltado e tudo que ele não queria era casa, comida e roupa lavada. Estava com vinte. Duas décadas de existência e achava que a vida era o seu jardim. Comeu portuguesas sem bigode, e uma delas era mais velha e tinha uma pequena editora de livros de viagem. Ela queria roteiros alternativos e ele achou que era o candidato perfeito. E era mesmo. Viajou um bocado pra ela e escreveu algumas edições interessantes, mas quando foi pra Barcelona não voltou pra Lisboa. Aos vinte e três, aquele povo que falava alto, as mulheres cafonamente sensuais, o flamenco, os bares e a gente na calçada, foram um excesso de sedução. Mandou um envelope com o roteiro datilografado, um cartão postal dizendo "valeu", e pronto.

Ficou cinco anos em Barcelona. Casou em Barcelona. Ele era garçom e a Anabela, mulher dele, era recepcionista de hotel. Viviam mal, ganhavam pouco, mas era divertido. Dos vinte e três aos vinte e oito, ele morou com Anabela num conjugado de trinta e dois metros quadrados. Foi quando o pai ficou doente e a mãe pediu que ele voltasse pro Brasil. Vai que o velho morria e ele não tinha a chance de se despedir direito. Achou que ela tinha razão. Voltou. Ele gostava dos pais, só estava tentando ser outra pessoa. O pai não morreu, mas ele conheceu Helena. Numa peça de teatro. Helena interpretava Jocasta numa montagem de *Édipo Rei* de má qualidade. Ele só foi porque um primo, filho do irmão da mãe, era o diretor, e a mãe queria companhia pra ir prestigiar o sobrinho. O pai não ia ao teatro de jeito nenhum. Questão de princípios. Achava que o teatro encenava muito mal a realidade: as coxias — às vezes à mostra — infectando a ilusão com verdade; os refletores invadindo a sombra com luz. Ainda mais num espaço alternativo, lugar que fedia a suor de gente feia. Edgar foi. Muito contrariado — de ter voltado, de ir ao teatro. Questão de princípios, tinha aprendido com o pai. Mas quando ela entrou em cena, a voz grave e a entonação indescritivelmente ruim, o cabelo preto, ondulado, emoldurando o rosto de nariz fino, ele pirou. Nunca tinha visto nada tão impressionante na vida. E foi ali que ele decidiu ficar no Brasil. Pensou "Vou fazer um filho nessa mulher. Pra ela nunca mais se livrar de mim".

Descolou um emprego pra escrever uns guias de viagem numa editora chique. Ele nem precisava viajar, porque tinha roteiros de cor pra não sei quantas edições. E perseguiu Helena. Perseguiu até conseguir um beijo na boca numa festa em Santa Teresa. Ela estava bêbada. Ele também. E o beijo foi tão bom que menos de um ano depois os dois estavam morando juntos. Ela era de uma companhia de teatro, ele escrevia guias de viagem. Ela desprezava o trabalho dele, ele cagava pro dela. Viveram assim, numa espécie de *apartheid* intelectual com sexo bom uns quatro anos, mas a relação ficou esquisita quando a Helena engravidou. O dinheiro era pouco, Edgar teve de pedir ajuda do pai e, com muito custo, aceitou morar no apartamento dele em Ipanema. Ele se sentia o último dos mortais, brigava com a mulher pra compensar.

Depois da doença, os pais do Edgar ficavam direto em Petrópolis, numa casa que ele frequentou muito na infância, quando vinha de férias da Suíça, de Houston, de Londres ou de Paris. O pai se aposentou e a mãe foi cuidar das hortênsias da serra. Então, o Edgar e a Helena moravam num apartamento incrível em frente à praça Nossa Senhora da Paz, no coração carioca, mas não tinham grana pra pagar o condomínio. Ele começou a se sentir o maior dos merdas, e quanto mais a barriga da Helena crescia, mais noção ele tinha do tamanho da responsabilidade de um adulto, e mais vontade ele tinha de sair correndo. Mas não saiu. Ficou.

Aceitou uma promoção pra ser o editor do selo de viagens da editora e começou a trabalhar atrás de uma mesa, lendo e revisando a parte chata de qualquer viagem: o turismo. E além das peças de teatro da Helena serem uma merda e não darem bilheteria, a barriga não parava de crescer e ela teve que parar de trabalhar. Tiveram uma filha. Uma coisa deliciosa, um sentimento tão bom que ele tinha vontade de chorar todo dia de noite quando ela ia dormir... A angústia da falta de sentido na vida foi tomando conta dele de um jeito que resolveu escrever. Poesia, claro. Todo mundo acha que escrever menos palavras é mais fácil. Passou a trabalhar atrás da mesa de dia, e de noite ia vender os poemas péssimos no Baixo Gávea, feito qualquer argentino que exibe anéis de prata num expositor de veludo. Voltava pra casa de madrugada, fedendo a chope. Quando a filha fez três anos, Helena apareceu com uma mala. Duas malas. E foi embora. Ele virou bicho, parou de tomar banho, de fazer a barba, de dormir... E rabiscou, rabiscou, rabiscou até tomar coragem de ir parar no andar de cima da editora. Contêiner. O selo de ficção. Foi pra lá que ele mandou um envelope xexelento e foi de lá que a Laura ligou pra ele. E quando ele viu, estava sentado do outro lado da mesa dela.

/ • //

Depois do balé, pizza. E chuva. Garrafa de vinho em cima da mesa, Júlia dando boa-noite antes de ir pra cama. Marcos ali, óculos de grau, lendo Dostoiévski. Relendo Dostoiévski. Ele diz que precisa reler certas coisas pelo menos uma vez por ano pra lembrar que a dor existe. Porque pro Marcos a dor não existe: ele quer, ele faz. Deu certo, ele até comemora um pouquinho; não deu, ele esquece. Estranho esquecer a dor... Laura carrega uma que vai guardada num lugar que não alcança, nem sabe bem o que é que dói. Marcos não. Ele começou a vida cedo, os pais são irlandeses, a família é muito apegada, mas é cada um por si. Diferente de como se vive no Brasil. A mãe é especialista em Joyce — James Joyce, homem de surpresas e de *nonsenses* —, o pai é fotógrafo. Quer dizer, eram, hoje são aposentados. Casal de história, cabelo branco, olho azul, bochecha rosada e muito malte, eles gostam mesmo é de tomar um uísque e cuidar do jardim. Nem moram mais no Rio, vivem na serra, numa casa de madeira e vidro. Maureen e Fionn se conheceram no dia 21 de julho de setenta e dois, fugindo de uma das tantas bombas lançadas pelo IRA em Belfast. Maureen tinha vinte e seis anos, quase morreu. Se não fosse por Fionn, talvez tivesse mesmo morrido. E como se a vida fosse um livro e as palavras fossem suficientes pra descrever o que aconteceu, a cena foi típica de literatura: ele coberto de poeira, ela desacordada, ele aturdido e gritando socorro, levando quase que por milagre aquela mulher pra uma emergência, ela abrindo os olhos e dando de cara com o rosto que não conhecia... O amor à primeira vista num quarto de hospital.

    Maureen e Fionn fugiram da Irlanda em setenta e três. Ela, já grávida do Marcos, jovem e de cabelo vermelho, disse "Não vou criar um filho nesse lugar maluco, que explode em cada esquina, que não garante sono de adulto, que dirá de um bebê!". Ele, fotógrafo *easy rider*, conseguiu um bico bom pra fotografar mulatas do carnaval carioca pra um desses livros bacanas que a gente coloca de enfeite na mesa de centro, e eles vieram pra pensar na vida. Gostaram do calor tropical, da areia quente e da água gelada do mar. Fionn fechou contrato em dólar pra mais um livro, o que nos anos setenta no Brasil valia ouro; Maureen aproveitou a gravidez pra estudar um pouco de português e acabou conseguindo uma vaga de professora visitante na graduação de Letras numa universidade particular, ensinando literatura com ênfase em Joyce. Os alunos foram gostando, ela também... acabaram ficando de vez. Ela deu aulas durante quarenta anos. Em algum momento, começou a escrever artigos pro *Irish Independent* e faz isso até hoje.

Enquanto Laura pensa nos sogros, olha pro marido sentado na poltrona de leitura, pro cabelo que já dá sinais do tempo e dos contratos internacionais empepinados que ele já redigiu, e lembra daquele homem intenso que rabiscou um romance ruim e inacabado, mas que ela não conseguiu deixar passar pra pilha dos rejeitados.

Ela lê tanta coisa, está tão acostumada à má literatura, aos garranchos de quem quer se lançar na vida errante das palavras que formam livros, que até se surpreendeu com o "sim" que deu pro calhamaço assinado com o pseudônimo cafona de Mr. Z. Depois ele explicou ter escolhido a letra Z porque realmente não acreditava nem um pouco na possibilidade de ser publicado. Z era a última letra do alfabeto. Z era seu lugar de honra. O Mister foi mesmo pelo ofício quase mágico de transformar pensamento em palavra escrita. Nada de mais, mas ela achou isso incrível. E marcou uma reunião com aquele arremedo de William Hurt em

O turista acidental — filme que qualquer ser humano que teve a juventude povoada pelos anos oitenta deve ter visto; e se não viu, vale a pena. Ouviu Edgar explicar que apesar de não considerar o material nem mesmo um rascunho, queria sair do lugar físico inventado pelo presente e ir pra mentira regulamentada do passado. Explorar o limbo da vida contada, a história, foi o que ele disse. Tudo que é escrito um dia acaba, e esse passado imprensado com tinta, capa, contracapa e orelha, esse não volta mais. Esse está enjaulado. É muito mais passado que qualquer memória, que fica voltando, mesmo quando não se quer. Assinaram contrato. Ela gostou de tudo o que ele disse, como se fosse ela mesma dizendo, e carimbou as páginas em várias vias, dizendo que ele tinha muito a fazer se quisesse mesmo transformar aquilo num livro, mas disse isso também pra fazer valer o cargo, a intuição que já rendeu best-sellers pra editora que a emprega, e pra ele não pensar que a fama dela de durona, de quem sabe muito bem o que faz atrás daquela mesa, não passava de fachada.

Ele trabalhava pro selo que o pessoal da ficção desdenha, assim como um romancista desqualifica um roteirista, dizendo que ele é um replicador de técnicas, e também como um roteirista torce o nariz pra um autor de livros, que chama de intelectual. Entre os advogados deve ter a mesma rixa, entre os dentistas, os arquitetos, os engenheiros e os matemáticos também. As pessoas gostam de se dividir em grupos: família, classe social, profissão, contratante, cor de cabelo, idade, sexo... vale qualquer coisa por distinção. Qualquer coisa por um lugar assegurado. E aquele cara não assegurou nada. Nem que era capaz de terminar um romance. E é estranho que agora, admirando o marido de óculos, ele, sim, um homem que garante tanta coisa, esteja pensando em outro, Edgar, aquele homem que olhou pra ela com profundeza e vazou seu corpo com a lança que carrega embutida em seu nome próprio. Germânico. Edgar, o que luta pelos bens com uma lança. O nome do Allan Poe, o escritor que deixou aquela mulher de luz acesa na pré-adolescência. De noite, ela não conseguiu dormir. Deitou no sofá de couro velho do escritório de casa e pensou no marido, na filha, na vida construída que, todo mundo sabe, pode desaparecer numa fração de segundo, numa cantada de pneu, num sopro de neblina. Virou pra um lado, virou pro outro, e entendeu que dormir talvez fosse um luxo não merecido.

////

O segundo encontro aconteceu por acaso. Ela comprava vinhos, ele passeava com um poodle por livre e espontânea vontade. De dentro da loja envidraçada, o que chamou a atenção dela foi o poodle. Homens não costumam ter poodles. Apressou a moça com o recibo do cartão de crédito. Era ridículo, ela sabia, mas queria sair daquele ambiente claustrofóbico e sentir a noite do lado de fora. Queria falar com ele, queria perguntar do cachorro, queria saber por que cargas d'água ele tinha um poodle.

Ele nem olhou pra dentro. Estava entretido com a bola mínima de pelo preto.

"Dona Laura." Ela ouviu seu nome pronunciado com um misto de angústia e urgência.

"Oi." Respondeu. E viu que a moça do caixa estava com um pedaço de papel estendido pra ela, talvez há algum tempo. "Desculpa, eu me distraí. Quando vocês entregam?"

"É pro final de semana que a senhora disse que quer, né?"

"Isso."

"Vou mandar na sexta logo cedo, então."

"Obrigada." Ela agradeceu e saiu, sem se despedir. A vantagem da vizinhança é que todo mundo já te viu de todo jeito. Nem sempre precisa de bom dia, boa tarde ou boa noite. Ganhou a porta da loja numa aflição que quis conter, mas não conseguiu.

"Edgar!" Ela se ouviu dizer. Não programou chamar, na verdade achava que só queria ver de perto, espionar sem provas. Mas o som saiu e ele se virou. Caminhou até ela.

"Oi."

"Oi."

O cachorro latiu.

"Para, Eduardo." O cachorro parou.

Ela riu.

"Engraçado... Eduardo."

"Foi a minha filha que escolheu." Disse com melancolia, um sorriso torto emoldurando mal a boca carnuda.

Daí o poodle, ela pensou. Ele tinha uma filha. Mas na verdade, pensou mesmo na mulher. Na mãe.

"Quantos anos ela tem?"

"Seis."

"Idade da minha. Elas crescem rápido."

"Não sei se são elas que crescem rápido ou se é a gente que fica velho cedo."

"É... Tem essa possibilidade, também." E depois que ela respondeu assim, os dois ficaram em silêncio. Na falta de assunto e de intimidade, ela se adiantou. "Coincidência a gente se encontrar por aqui..."

"Eu moro ali." Ele apontou. "Você?"

"Naquele terceiro prédio. Engraçado a gente nunca ter se esbarrado antes."

"Talvez a gente tenha se esbarrado, mas não tenha prestado atenção. Já pensou quanta gente você vê por dia e nunca mais vai encontrar? Nunca vai conhecer?"

Ele contou que quando escrevia os guias de viagem sempre pensava nisso pra descrever um lugar. Sempre tentava lembrar de um rosto, um gesto, qualquer coisa de carne e osso num café, num restaurante, numa livraria. Um cheiro, uma frase... "Teve uma vez que eu sugeri uma sorveteria em Milão só por causa de uma mulher que ia lá todo dia, provava todos os sabores e não levava nenhum. A menina do balcão disse que ela fazia isso há meses, desde a morte do marido. Gostei da mulher e daquela gente que não se incomodava de ser cúmplice daquela dor. Indiquei." Riu. E olhou ela nos olhos. "Quer tomar um café?"

///•

O café virou uma taça uma de vinho, duas, três... E eles já eram íntimos. O Eduardo era a sobra de um casamento falido, o atual marido da ex-mulher não suportava cachorros. Da filha, Edgar quase não falou, talvez porque fosse difícil dividir a cria com outro homem, talvez porque fosse difícil pensar no amor destruído. Ele quis saber por que ela era editora; Laura respondeu que sempre quis viver da palavra, mas não tinha talento nenhum pra escrever, embora soubesse enxergar uma boa história como quem é capaz de administrar uma lista de supermercado: estoque, excesso e falta. Garantiu sucessos pro empregador, fracassos também — mas o que seria da vida sem a falha, que valor teria um bom travessão sem o ponto final? Ele achou que ela era ingênua, quase irreal, e de fato ela parecia de mentira mesmo: o desembaraço do pensamento, o cabelo naturalmente arrumado, a boca falando exatamente o que o corpo dizia. Não fosse por uma coisa... a mão inquieta em cima da mesa. Mão de alguém que ainda não sabe o próprio futuro. Com linhas em branco.

Até que a partitura saiu do adágio quando ela disse "Eu tenho que ir". Ameaçou tirar dinheiro da carteira, ele disse "De jeito nenhum" e fez sinal pro garçom daquele lugar que ia se repetir na vida deles.

"Eu te acompanho." Ele ofereceu.

"Imagina, é aqui do lado." Ela respondeu.

"O Eduardo detesta voltar pra casa." Ele insistiu.

Caminharam pelas ruas de Ipanema, falando pouco e pensando muito. Eduardo parando num poste ou outro,

na necessidade territorial de todo macho. Na porta do prédio dela, Edgar perguntou se eles se veriam de novo. Laura disse que sim, tinham muito trabalho pela frente. Ele olhou sério e rebateu:
"Eu quis dizer assim, à paisana. Vinho, café, padaria..."
"Me liga." Foi tudo o que ela disse.

////

Em casa, ouvindo música clássica com o Marcos — ela sempre achou que música clássica era coisa de gente velha, na verdade ainda acha um pouco, mas como o Marcos gosta, e ela gosta do Marcos, ela ouve —, lembrou dele. Lembrou do cachorro com nome de gente, da fragilidade que aquele homem tinha, mas preferiria não ter. Ela nem sabe se pode pensar isso dele, porque eles mal se conhecem, mas mesmo assim ela pensa. Pensa isso e outras coisas que não pode dizer, talvez não pudesse nem pensar, principalmente ali, ao lado do marido, homem calmo que ouve música clássica e lê Dostoiévski, e ama com uma placidez que comove.
  Laura tem quatro irmãos, dois mais velhos e dois mais novos, todos homens, dois moram em São Paulo, um em Curitiba, um em Minnesota — numa dessas cidades de onde as pessoas querem fugir pra ser alguém na vida nos filmes americanos. Gabriel. Ele é o mais novo e com quem ela sempre teve mais afinidade. Tem uma loja de móveis de madeira que ele mesmo desenha, é casado com uma menina ótima e pai de duas lourinhas

de olho azul (que certamente vão querer fugir dali pra serem alguém na vida). Ele foi pra lá com dezesseis anos pra fazer intercâmbio. O pai e a mãe morreram quando ele estava pra voltar e aí ele não voltou. Ficou lá mesmo, em Grand Rapids, pra sempre. Quase nunca vem pra cá. Na verdade, quase nunca sai de Grand Rapids. Nem Europa nem Ásia nem nada. Ele gosta mesmo é de ficar quieto. Quando eram pequenos, Gabriel era uma espécie de refúgio pra ela. A casa vivia cheia, sempre muito barulhenta, Laura tinha às vezes uns rompantes de solidão profunda e ia pro quarto dele. Mesmo quando ela era adolescente e quando três anos a menos significam que o irmão é um pirralho. Foi muito pior perder os pais sem ele no Brasil. A casa virou uma balbúrdia, porque além dos cachorros e dos amigos e dos amigos dos amigos e dos avós, que também não duraram muito, e dos empregados e dos tios e de tudo mais que envolve a perda de mãe e pai quando todos ainda são muito jovens, tinha a dor. E a dor faz um barulho danado no silêncio. Então ela ia pro quarto dele e ficava sem som, sem choro, às vezes lendo pela quinquagésima vez a matéria sobre a queda do avião perto de Québec.

Os pais dela gostavam de viajar e, como tinham cinco filhos e o Ciro, o mais velho, já tinha vinte e dois anos e podia tomar conta da casa — era o que eles achavam, mas na verdade quem ia pro supermercado era ela —, viajavam sem culpa. A culpa ficou pro Gabriel, que passou anos achando que se ele não estivesse no intercâmbio e se os pais não tivessem ido fazer uma visita surpresa quase na hora de ele voltar, nada daquilo teria acontecido. Daí também ele não ter voltado mesmo, ela acha. Mas eles sempre se falam por Skype, ele sempre lê as coisas que ela edita, eles falam mal dos irmãos cafonas que escolheram São Paulo pra viver e aproveitam pra falar mal do outro também. Curitiba? Francamente! Mas é tudo de mentira, porque, apesar de tudo isso, eles se gostam. Não são unidos, mas se gostam.

E agora, ouvindo música de velho com o marido, lembrando que ela também já está adentrando a idade madura — por mais que hoje se insista nessa juventude que, se possível, não acaba nunca —, pensando naquele homem que mal conhece, mas que parece de alguma maneira mandar na vontade dela, Laura tem vontade de falar com o irmão. Beija o marido na testa e sai da sala.

No corredor, pela força do hábito, abre devagar a porta do quarto da Júlia só pra ver que a filha está dormindo, o pijama levantado descobrindo a barriga, mas nem se preocupa em consertar porque não está frio e ela acha que o ser humano precisa aprender a identificar o desconforto primeiro pra depois se livrar dele. A vida não dá trégua, quanto mais cedo ela souber se cobrir no frio e se descobrir no calor, melhor.

Entrou no escritório e ligou pro Gabriel, desconsiderando o fuso horário. Quem apareceu na tela do Skype foi a mulher dele, com cara de quem estava preparando o jantar. O irmão estava no jardim de casa com as crianças, esperando os primeiros flocos de neve. Laura mandou um beijo, disse que amava o irmão e desligou um pouco triste por não ter falado com ele, mas também aliviada. Talvez nem tivesse coragem de dizer nada, mas, se por acaso tivesse, não sabe se seria bom. É muito pior ser responsável pelo que se diz do que pelo que se pensa. Fechou o computador com a sensação de que era melhor mesmo que aquilo que nem era nada ainda não tivesse deixado de ser só um fantasma. Pegou o manuscrito do Edgar e sentou no sofá com uma caneta.

• / / •

A casa dele é a casa de um homem no meio do caminho. As paredes têm espaços em branco, espaços que já foram ocupados por quadros e hoje penduram memórias. Um sofá bom, de couro, paraíso do Eduardo. É ali que o bicho deita, esperando o carinho que nunca chega. Edgar não gosta de coçar a barriga do cachorro porque isso tira dele o trunfo e o triunfo do lar desfeito. A mesa de jantar é onde ele escreve. Quer dizer, digita, porque hoje em dia o pensamento quando se faz palavra não anda mais de mãos dadas, como na caligrafia. O ser humano pensa com os dedos, em letra de forma. E é ali que ele se dedica à criação de uma fábula que mistura a sua própria vida com outras coisas, pessoas, mentira e verdade.

Edgar também ficou pensando nela. Na verdade, pensa nela desde o primeiro dia. É fato que as histórias têm vida própria e nem sempre é por escolha que certas coisas se misturam. No caso dele e no caso dela com certeza não foi. Mas ele ficou ali pensando nela, até que Eduardo latiu no sofá e ele lembrou que não, ainda não tinha dado ração pro cachorro. Levantou sem vontade, mas foi até a cozinha e pegou um pote de plástico. Não um pote próprio para ração, mas um pote de comida entregue em casa, que estava sujo e jogado na pia, e ali derramou um punhado de ração de grãos graúdos. O certo pra um pequeno como Eduardo era aquela de grãozinhos, mas Edgar achava que dando os grãos maiores o cachorro demorava mais a comer e isso significava mais tempo de sossego pra ele. Eduardo veio correndo com o barulho e ele aproveitou pra pegar uma cerveja na geladeira. Na porta, um desenho apagado de pilot cor-de-rosa. O desenho de uma casa com gramado em volta e nuvem em cima. Talvez a filha já adivinhasse que ia chover ali dentro, mas ele não tinha como ter certeza. Nem podia perguntar. Uma criança não merece a responsabilidade da falta de respostas de um adulto. Principalmente porque eles não se davam bem. Não se davam bem talvez seja um pouco forte, mas quando a menina ainda morava ali com ele naquele apartamento perto da praça, ou do que foi uma praça antes da obra, eles não tinham intimidade. Ele estava ocupado em ser problemático fora da idade, ocupado com o fim de um casamento. E hoje eles ainda não tinham intimidade, mas tinham outra coisa pior, a raiva: sem saber, ele culpava a existência dela por tudo que aconteceu entre Helena e ele. Culpava a filha porque a mãe tinha encontrado outro homem. Não sabia por quê, mas culpava.

Edgar era um cidadão do mundo, vivia do que já tinha visto por aí, se julgava um cara interessante, falava idiomas, era bonito e tudo o mais. Por que cargas d'água Helena tinha se apaixonado por outro? Será que o cara não achava um saco ir às festinhas insuportáveis de aniversário que ele, o pai, fez questão de faltar? Mesmo as da própria filha? Lembrou da bicicleta de rodinhas, ainda com laço de fita da Casa e Vídeo, empatando a área de serviço desde o último bolo não soprado, que ele perdeu porque estava na fila da loja em frente de casa, tentando se desculpar por ser um pai mais ou menos com um presente que não cabe em caixa de embrulho. Chegou atrasado. Ao bolo e à vida adulta.

Helena gostou daquele homem outro, sério e inteligente, grisalho e sólido, talvez sem tanta aventura dentro, mas de bom gosto musical. O inferno se instalou dentro de casa, Edgar cada vez mais disperso, ela cada vez menos mulher dele. Até que foi embora com a pequena, levando a roupa do corpo e a do armário, os quadros e a esperança. Esqueceu um bilhete também na geladeira, um bilhete que junto com o desenho da casa de nuvem no teto devia ter avisado que a vida estava prestes a desabar. No bilhete estava escrito "Não me espera pra jantar". Ele não esperou mesmo e aproveitou pra ir beber com o pai, que estava no Rio por conta do enterro de um amigo. Beberam e falaram de coisas muito menos importantes do que a vida em si, falaram do passado, lembraram dos anos em Londres, do terno mauricinho que ele vestia pra ir pra escola.

O pai nunca ficava hospedado com Edgar e Helena quando vinha ao Rio, dizia que filho, depois que sai de casa, só se visita em lugar público, onde cada um paga o seu, pra não provocar uma intimidade de colo que não cabe mais. Pai receber filhos em casa, tudo bem. O contrário, nunca. Era assim o pai dele. E ali, naquele apartamento assombrado por uma vida que ele nunca abraçou, os restos frios que já se esconderam no rejunte velho da cozinha, Edgar tomou uma cerveja, viu Eduardo comer e, finalmente, rasgou o bilhete amarelado e preso por um ímã na porta da geladeira.

Resolveu descer pra ver um pouco de movimento. O sono não vinha, a paciência de pensar no passado ele não queria. Fechou a porta na cara do cachorro que, conformado, pulou no sofá, arranhou a almofada e deitou com um suspiro. Dentro do elevador, ele se olhou no espelho que as mulheres costumam usar pra retocar o batom e ajustar o sutiã, e viu as marcas do tempo no próprio rosto, vincos de uma vida que já carregava dor. Os olhos fundos dentro das órbitas, a boca sem reserva pra saliva. Na calçada, Marina estava fechando a banca, mas ele gritou e ela esperou pra entregar o cigarro. Perguntou da filha, ele disse que estava viajando com a mãe.

"E você não vai se arrumar também, não?"

"Quem se arruma muito acaba amarrotado." Ele respondeu e ela riu.

"Eu também não posso falar nada, porque hoje só quero mesmo é um ¡Hola! ¿Qué tal? e mais nada. Eu gosto de dormir espalhada na cama. Esse negócio de acordar acompanhada é pra quem tem menos de trinta e pouca ruga no rosto. Deprimente abrir o olho, ver que a cara do sujeito tá empapada e lembrar que a sua também deve estar. Envelhecer é pros corajosos." E riu de novo.

Edgar não disse nada, só pediu uma cerveja. Marina pegou uma Stella gelada — uma das vantagens de morar em Ipanema era essa, até na banca de jornal tem cerveja boa — e entregou pra ele. Pegou outra e abriu também. "Tintim", Marina estendeu a garrafinha. Ele bateu o brinde e ficou observando as pessoas na rua saindo dos bares, atravessando de uma calçada pra outra. Algumas bêbadas, outras chatas, umas tristes, outras passando o tempo.

"Você já pensou que a gente passa anos casando, tendo filho, construindo casa, e de repente, quando olha pro lado, tá só, só-somente-só?" Marina perguntou, mas era só um pensamento pulando a cerca, não queria resposta.

"Como é que tá o teu filho?"

"Não sei, não falo com ele há mais de um mês." Ela respondeu sem amargura.

Ele também calou a boca. Os dois ficaram ali em silêncio, terminando a cerveja e o dia, sentindo o álcool entrando e amolecendo as células, fazendo peso nas veias, o corpo todo cedendo ao torpor necessário pra continuar vivendo. Ela jogou a garrafinha no cestão de lixo ao lado da banca.

"Vai ficar?"

Ele disse que ia. Ia ficar até não ter mais motivo.

"Não vai ficar babando menina nova, você já tá de barba branca."

"Eu não tenho barba." Ele rebateu. Ela riu. "Tem sim, só botou de molho." Marina fechou a banca, pendurou a mochila nas costas e montou na bicicleta elétrica. Edgar ficou ali parado, cigarro aceso enquanto acompanhava com o olhar aquela mulher já de alguma ruga, montada no seu cavalo branco moderno, partindo rumo a uma casa certamente vazia, de decoração duvidosa e janela pouca. Apagou o cigarro na calçada, ignorando a operação Lixo Zero, e partiu pro outro lado da rua, onde um bar animado ainda exibia dentes de felicidade e excitação ou qualquer outra coisa que pudesse traduzir a ideia de leveza. Entrou, foi até o balcão e pediu outra cerveja.

Pensou na mulher que começava a poluir a sua vida de ar fresco. Talvez amanhã — depois de lembrar do cabelo dela quando disse "Me liga", depois de planejar o que faria com ela, depois de rever na cabeça os gestos das mãos, o contorno das unhas, a suavidade da fala —, talvez amanhã o sono viesse e ele até quisesse um dia seguinte. Pagou sem dar assunto pro *barman*, que toda hora olhava pra ele como quem espera um papo de bêbado, porque atrás do balcão a vida pode ser mais tediosa do que na frente. Mas ele não correspondeu. Ponto um: não estava bêbado. Ponto dois: estava imerso num universo novo, ainda sem forma, de vigor que pedia prosseguimento, uma trama que se emaranhava por dentro com personagens novos naquele bairro que ele conhecia desde sempre, mas que só agora parecia abrir uma porta e duas janelas pra um planeta solar. Mais solar do que a praia, mais intenso que a vida noturna, mais ciclovia que a Lagoa.

Levantou do banco alto e cruzou o mar de gente alegre, de gente buscando par, de gente falando mal dos outros, de mulheres prontas pro casamento. Sempre. Mesmo nas saias miúdas e nos saltos altos. Na calcinha pouca. Em todo rosto emoldurado de cabelo longo, ele via a expectativa por um terno, mesmo que sem gravata. O grande baile da sedução. E os homens de hoje, pelo que ele percebia, não sabiam mais amar. As mulheres, talvez, também não, mas uma casa sempre lembra o caminho. E da casa pro amor é um pulo, porque construir, apesar de parecer coisa de homem, é uma das coisas mais femininas que existem. A vida virtual cheia de possibilidades é uma farsa. A ideia de uma existência acompanhada com respeito à individualidade é pura ignorância. Ignorância de não saber na verdade o que fazer com a liberdade do sexo, conquistada à custa de muito piolho e falta de sabonete. Agora todo mundo é limpinho de novo, mas nem as fodas encostam mais no ser humano. A intimidade só existe ainda porque ficou combinado assim.

Foi pensando nisso tudo que Edgar cruzou uma rua, depois outra, passou por prédios até chegar ao dela, parou um instante debaixo do poste de luz e olhou pra cima, pra janela ainda acesa. Então foi pra casa.

////

Eles chegaram num momento crucial do final de semana prolongado. Júlia saltou do carro correndo. "Vô!" E disparou na direção do Fionn, que, de colete cáqui e máquina fotográfica em punho, documentava a hora histórica: o transplante do Angico. Homens e máquinas aglomerados no gramado. Um trator, que parecia uma escultura daquele russo que faz dinossauros de PVC que se movem com o vento, escorava a árvore de quinze metros emborcada contra o céu de chumbo. A chuva já prometia e a operação era extraordinária. Pra nós, humanos da era tecnológica, que precisamos documentar e postar tudo, o transplante de uma árvore pode ser quase o homem na lua.

Quantos angicos, parreiras, goiabeiras, sibipirunas nasceram e morreram sem ninguém dar importância? Laura e Marcos saíram do carro levando os óculos escuros à cabeça num movimento quase coreografado. Marcos, homem das leis e do concreto, se aproximou da empreitada com curiosidade de centro da cidade: como, quando e pra quê. Já Laura, crente das coisas como num filme, só observou aqueles homens empedernidos e compenetrados, e a sogra de cigarro na mão e ordens na boca, diante do monstro amarelo — um trator de nome New Holland, tão despertencido naquela serra carioca. Olhou e pensou na inutilidade da vida, que, mesmo registrada, não serve pra muita coisa a não ser explicar à humanidade como ela se comporta.

Laura era uma mulher de muitas certezas, apesar das dúvidas. E vendo aquele casal de muita idade, de outro país, mas com raízes fincadas no Brasil através dos filhos, um deles seu marido, e daquela árvore que mal cabia no buraco feito pelo New Holland, lembrou da ficção, seu mundo por quase doze horas do dia, um universo que ela conhecia e pelo qual preferia transitar. O final de semana prolongado juntava um feriado e as bodas de mais do que ouro do casal Fionn e Maureen. Ali, naquela casa no alto da montanha, diante de um gramado que agora recebia o transplante de uma árvore adulta, homens e mulheres viviam sem saber que aquilo tudo poderia servir a alguém, a alguma testemunha que, mesmo não ocular, contaria aquele evento em algum livro, filme, diário.

A câmera do Fionn, profissional que mesmo aposentado não sabia o que fazer da vida senão documentar, registrava todos os momentos: da chegada do tronco cheio de galhos e folhas, arrastado pelo monstro amarelo, à sua colocação complicada dentro de um buraco menor do que o esperado, cavado na terra vermelha, promessa de fertilidade. Episódio que ocupou aquelas vidas por quase um dia inteiro. Um homem de boné escalou a árvore rugosa e amarrou cordas com a certeza de quem nunca fez outra coisa. Maureen, proprietária de terras de calça comprida e botas na altura do joelho, agia com a importância funcional que as pessoas dão à vida e seus eventos. Laura se aproximou.

"Beleza de árvore, hein, Maureen?"

"Eu que plantei. Faz tanto tempo que nem lembro. Mas esses dias teve uma tempestade daquelas, derrubou a paineira aqui da frente, tive que trazer pra cá. Não dá pra ficar sem sombra na grama." Parou de falar e saiu correndo na direção dos homens que agora empurravam a árvore pro lugar certo. "Peraí, Marcílio!"

Laura ficou parada no meio do gramado, distante, impressionada com o milagre arquitetônico que era aquele pedaço de vida selvagem sendo empurrado e assentado na paisagem dos homens. A árvore, depois de arrancada, amarrada e arrastada, recebia augúrios de boa sorte e esperança, pra que vingasse sem grande sofrimento no paraíso humano. E fornecesse dali a dois dias o cenário bucólico e fundamental pra comemoração do amor de um homem por uma mulher e de uma mulher por um homem por mais de cinquenta anos. O tempo passa assim, de pouquinho em pouquinho, até empilhar os dias e os meses e os anos numa gincana de sentimentos e filhos e netos e flores e prédios e cães, e árvores que podem ser transplantadas. Podem ser retiradas do seu lugar de origem ao bel-prazer de um humano setentão, que quer uma árvore bonita pra ser iluminada na noite da sua festa de bodas de casamento. Que quer as pessoas dizendo "Que beleza!" na hora do brinde que vai ser eternizado numa foto, foto que vai dizer pra quem vem depois que aquele casal era feliz e se amava e vivia em comunhão com a natureza. Todos aplaudiram ao final do procedimento, com o sol já se pondo no horizonte e uma garrafa de champanhe estupidamente gelada carimbando a realidade. A vida é simples e complicada.

Sentados à mesa grande da cozinha, trocaram novidades. Fionn e Maureen agora estavam com um projeto conjunto, além do casamento. Um livro de orquídeas com fotos e segredos especiais. Laura escutou, mas não prestou atenção na conversa, estava ouvindo palavras lidas antes da viagem, como quem não esquece uma música-chiclete que não para de tocar no rádio. "O amor às vezes se perde na roupa que nunca voltou da lavanderia, na meia que ficou na casa de campo, no xampu da marca errada, no coração que ficou na mala do carro." E apesar de nunca ter lhe ocorrido a possibilidade de não amar o Marcos, aquilo fez um sentido absoluto enquanto ela olhava pro marido de cabelo muito e grisalho, feliz com o copo de vinho e a intimidade que só se tem com parente, o sorriso grande de ver a mãe acender mais um cigarro enquanto virava o resto da garrafa na própria taça.

Pensou nas coisas que não têm cura: amor de filho e amor de mãe. O amor por alguém com quem a gente troca saliva, sonhos e posteridade pode desaparecer assim, num piscar de olhos. Do mesmo jeito que chega. Às vezes sem nenhum alarde, sem aviso nem permissão. E, pela primeira vez, Laura achou que poderia acontecer com ela. Não porque tivesse perdido a admiração pelo marido, não porque o amor tivesse acabado, só mesmo porque essa é uma das coisas que podem acontecer entre as pessoas. E num lampejo sem faísca, chegou a lembrança do rosto do Edgar. Quis saber da vida dele. Imaginava coisas, muitas delas intuía pela maneira como as palavras encontravam as páginas nas frases de seu livro, mas pelo arquivo que puxou na editora só descobriu aquilo que poderia estar explícito até num perfil de rede social (dos mais honestos): ano de nascimento, cidade natal e status de relacionamento, no caso, divorciado. Quis saber quem era essa ex, quis saber o nome dela, o peso, a cor do cabelo. Mas não era mulher de fazer averiguação, e perguntar diretamente talvez fosse descompostura. Ia buscar nas entrelinhas da ficção os pedaços da verdade.

O barulho de carro lá fora fez Maureen se levantar com avidez. "João". Mãe. Mesmo quando é independente sempre se empertiga pra receber um filho. E a saída da sogra foi um alívio pra Laura, que não fazia ideia do assunto que movia a mesa. Porque não fazia ideia do que eles todos estavam falando enquanto ela pensava em tanta coisa que não estava ali. Marcos reparou.

"Tá tudo bem, meu amor?"

Ela pegou a mão do marido, com o carinho de sempre e mais um pouco. "Tá."

Ele beijou a testa dela e também saiu da mesa. Júlia entrou correndo, animada porque Catarina, a mulher do João, estava com a barriga grande, toda grávida. Laura foi carregada pelo funcionamento familiar. Foi até a varanda e abraçou Catarina, mulher alta e magra — apesar da gravidez de seis meses. Catarina era ex-modelo e tinha uma grife de lingerie numa loja de shopping na Barra da Tijuca. João trabalhava no mercado financeiro. Aqueles pais, gringos guerrilheiros e "papitchuras", tinham educado os filhos pro mundo dos homens do asfalto.

A troca de cumprimentos entre eles tinha qualquer coisa de urso, aqueles galalaus de mais de um metro e noventa se batendo nas costas como quem quer expulsar uma pneumonia com a mão. Maureen, sempre de cigarro entre os dedos de unhas curtas, mas vermelhas apesar da vida rural, olhava aqueles ogros reunidos com o sorriso bom de qualquer mãe. Fionn e seus dois machos alfa pareciam uma tribo celta. A qualquer momento podiam pegar lanças, montar cavalos cheios de vento nas narinas e sair à caça de um javali. Maureen compunha o quadro como uma das brumas de Avalon, mulher guerreira, mas suave como um jardim botânico. Laura aprendeu a fazer parte daquele cenário, na verdade achava aquela gente incrível, quase personagens de uma fábula solta no meio do trânsito.

Eles bebiam, riam alto, falavam de assuntos que podiam ir da extração do malte pra fazer uísque de qualidade à situação econômica da Índia passando pela receita perfeita da massa de bolo de nozes. O tema mais animado pra Maureen era o avanço da ciência e da neurologia, nada próximo do seu habitat natural joyciano-intelectual-universitário. Quando eles se juntavam era como uma taba fechada que concedia passes esporádicos de entrada, e Laura muitas vezes era obrigada a se aprofundar nos assuntos de corte de malha e liganete com Catarina.

Catarina parecia viver numa bolha de plástico e neoprene. Sabia tudo de moda praia e tendências da Côte d'Azur. Laura olhava pra ela e concordava com praticamente tudo, já que não tinha nenhum conhecimento de causa pra discutir nem argumentar. Ficava impressionada com esse lado da vida que ela não frequentava: as mulheres. Cores de tinta, procedimentos capilares e dermatológicos, marcas de óculos e de sapato. Gostava da Catarina. Ela era doce e era sua parceira fiel nos encontros de família.

E fazia um pão de abobrinha maravilhoso. Nunca comia, pra não engordar, mas tinha um prazer imenso em promover a ceva alheia, gostava de ver as bocas esfareladas e brilhantes de farinha e manteiga. Ria grande e jogava o cabelo pro lado. Abraçava o João e apertava as bochechas do marido. "Amor da minha vida!", ela dizia. Toda vez. Chegava a ser engraçado. O João estava sempre com os dentes de fora, sorriso de dentifrício. Com ele nunca tinha tempo ruim. Abria a mala do carro e exibia facas novas que tinha acabado de comprar em Tiradentes, garrafas de uísque de marcas que Laura desconhecia, mas que Fionn, Marcos e Maureen apreciavam como se deve. Sentavam-se à mesa grande da varanda, de madeira riscada de tempo, e serviam doses sem lembrar de perguntar se as outras mulheres queriam. Maureen, com sentimento de classe e de gênero, vinha buscar as donzelas.

A tarde escorria assim, Catarina oferecendo o pão, os homens lambendo os beiços de uísque, Maureen apontando o gavião que ela chamava de Gerard e que sobrevoava aquela casa há tantos anos que ela nem lembrava mais quantos, e Laura se imiscuía naquele ambiente pouco privativo, mas genuinamente independente, de seres humanos que se orgulhavam de ser cada um, um.

/ / o /

"Pai?"
Ele levantou a cabeça, pela primeira vez na vida se sentindo escritor.

"Tô escrevendo, pequena."

"Você não vai me dar boa noite na cama?"

Ele olhou e viu medo e vergonha do medo entre o olho direito e o esquerdo da filha. Sentiu um amor que nunca tinha sentido. Amor de pai.

"Você quer deitar aqui no sofá da sala com o Eduardo enquanto eu escrevo?" Perguntou sem querer desvendar o pânico da menina. "Vai ser bom olhar pra você enquanto eu penso."

E sorriu pra que a menina não tivesse dúvida e aceitasse a proposta. E também porque botar a filha na cama, cobrir e contar história ia fazer ele pensar na Helena. E isso ele não queria. Ainda doía, e agora ele preferia pensar na Laura. A pequena se aproximou do sofá, sentou, bateu na almofada chamando o cachorro, que subiu sem pensar duas vezes, e olhou pro pai. "Ainda tem Cartoon?"

Ele olhou pra TV e disse que tinha — se tinha antes ainda estava lá. Ela pegou o controle remoto e se virou sozinha, como fazem hoje as crianças de qualquer idade. Apareceu na tela um desenho que ele nunca tinha visto, nem quando a casa era povoada de família. Agora, a mãe dormia com outro homem, e aquela menina vendo TV no meio da sua sala era quase uma assombração. Não sabia o que fazer com ela. Na verdade, não sabia ser pai. Achou que o certo seria sentar ao lado dela e assistir ao desenho. Ia fechando a tela do computador quando seu telefone tocou. Era ela. A voz abafada saindo aos poucos, depois de alguns segundos só de respiração.

"Por que o seu casamento acabou?" Ela perguntou do outro lado da linha e ele pensou pra responder, olhou pra menina no sofá.
"Porque ela parou de me amar."
"Como?"
"Ela conheceu outra pessoa."
"Ah..."
Silêncio. Silêncio ao telefone é sempre uma chance de organizar o que nunca foi pensado.
"Você acha que é sempre por causa de outra pessoa?"
"Eu prefiro que seja."
"Por quê?"
"Porque deve ser pior ser trocado por nada."
"Mas deve ser horrível saber que, de alguma forma, alguém é melhor."
"Alguém melhor é melhor do que você ser tão ruim que nem precisa ser substituído."
"E você sentiu o quê?"
"Raiva."
"Deu certo?"
"Tá dando."
Silêncio de novo.
"Quer sair pra tomar alguma coisa?" Ele arriscou a pergunta antes de lembrar que hoje era pai.
"Eu não tô no Rio." Ela respondeu.
"Quando você volta?"
"Segunda de manhã."
"Posso te ligar?"
Silêncio.

"Te ligo às seis."
"Tá."

/ / • /

Laura desligou o telefone e voltou pro seio da família como se aquela troca de palavras não tivesse acontecido. Na mesa grande da sala de jantar, a conversa ia solta, gargalhadas e brindes e ausência total de tempestade. Mesmo ela, que tinha se acostumado à uma vida plana, que gostava de saber que amanhã vai ser parecido com hoje, sabia que sem chuva a vida não acontece. Pediu licença. Voltou pro silêncio do quarto, das páginas mal escritas pelo homem que tinha virado um vulto constante na cabeceira da sua cama. Leu e soluçou, como se sua vida dependesse daquelas palavras.

Marcos entrou no quarto e beijou a mulher com um desejo que não passava com os anos. Beijou, afastou sem cerimônia a pilha de papel, também não perguntou se tudo bem, se ela estava gostando, se queria a presença dele dentro dela. Com a intimidade obrigatória que o casamento determina, correu o corpo da mulher com as mãos, depois com a língua, sem deixar o coração de lado. Laura abriu a blusa. Um botão por vez, porque por mais que a ordem das coisas estivesse chacoalhada, e por mais que a ordem dos fatores às vezes altere o produto (mesmo que a matemática diga o contrário), os lábios quentes que ela conhecia, embalados pela lembrança daquele outro homem que empurrava a porta da sua vida, soprou o desejo pra dentro do peito. Por fora e por dentro. Em pouco tempo, os dois estavam emaranhados no suor que toda gente que tem corpo conhece. Independe do amor, independe até da própria ideia do desejo; o corpo é o bicho do homem.

Depois do sexo, estirados na cama, cada um de um lado, Marcos perguntou se o livro era bom. Laura demorou pra responder, não porque não soubesse, mas porque tinha dúvidas sobre o que aquele romance faria com a sua vida. Um romance que ainda não tinha ultrapassado a fronteira da verdade, mas, como toda mulher que se preze, Laura percebia que estava sendo invadida sem aviso prévio. Disse que que o livro era confuso, tinha muito fluxo de pensamento e pouca ação, mas que o pensamento era bom. O desafio era fazer daquilo uma coisa do interesse de qualquer pessoa.

"Não é assim com todo livro?" Foi a pergunta de Marcos. E isso fez com que Laura se aninhasse no marido, aquele homem já comum de tão conhecido, aquele homem que dizia o que a gente pensa, mas não diz. Ela falou da Júlia, falou que já estava com saudade da filha que mal começava a crescer. E as batidas na porta fizeram com que os dois pensassem ao mesmo tempo: ainda falta pra ela se perder de nós. A filha entrou carregando um livro, pediu pra deitar com eles.

"Claro, coisinha."

Era assim que o Marcos chamava a filha: coisinha. Porque pra ele ela era uma coisa, uma coisinha mesmo. De linda, de importante. Ele pegou o livro da mão da filha e foi virando as páginas, contando as poucas letras de muitas figuras. Em pouco tempo, ela dormiu. Marcos também. Laura tirou o livro da cama, enroscou marido e coisinha nas cobertas e virou pro lado. O corpo cansado do sexo e da vida, a cabeça perdida no vendaval da novidade.

/ • //

Um calor de quarenta graus e a menina querendo ir pra praia.

"Meu amor, hoje é feriado." Ele, pai, tentou educar.

"E daí?" Ela não entendeu.

"Muita gente." Todo mundo que mora num sala-dois-quartos quer se livrar dos gritos infantis sem recreio."

Isso fez a pequena pensar. Ela encarou o pai, tentando saber se ele também queria se livrar dela.

"E o Eduardo não vai poder ir." O argumento foi imbatível.

"Tá bom..." A pequena respondeu e, em vez de propor outra coisa, fez uma pausa.

"Pai, a mamãe não deixou o Eduardo ficar com a gente pra não lembrar de você?"

A pergunta pegou Edgar de surpresa. Ele não imaginava que a inteligência fosse tão independente da idade.

"O marido da sua mãe não gosta de cachorro."

"Eu sei." Ela falou. "Mas eu acho que não é por isso que o Eduardo não pôde ir."

"Que tal bicicleta na praça?" Ele desviou da pergunta porque a resposta podia ser ainda pior do que a falta da mulher.

"O Eduardo pode ir?"

"Na praça ele pode."

A menina levantou num pulo e foi correndo até a cozinha buscar a coleira cor-de-rosa. Ela queria uma cadelinha, mas o pai, com o interesse de um motorista de van escolar, viu a foto no mercadolivre.com, clicou em comprar, pagou no cartão e esperou chegar. Quando a encomenda bateu à sua porta, numa caixa de sapato cheia de furinhos como antigamente se fazia com pintos e patos, foi que ele viu o órgão reprodutor masculino. A filha chegou do colégio animadíssima, louca pra abraçar a bolinha felpuda que vestiria com seu tutu do balé, e mal disfarçou a decepção. Helena encarou o marido, já nos estertores da boa vontade, e só revirou os olhos. Um casamento pode até acabar por causa de um macho, mas não por um que se supunha fêmea. Até que se prove o contrário.

Edgar inventou uma história enorme, disse que tinha ido até a casa da dona da ninhada, mas que a filha da mulher era muito doente e estava devastada porque só um filhote era menina. E ela queria tanto... e era uma garota da idade dela. "Nossa, pai, tadinha! Você fez muito bem. E ele é muito fofinho." Foi o que a filha disse. Ele ficou péssimo, se sentindo o pior pai do mundo, com uma vergonha enorme de ser um homem tão sem escrúpulos, capaz de comprar um presente sem nem se dar ao trabalho de conferir o sexo.

Pra falar a verdade, ele tinha achado o método perfeito, nem entrar numa loja de brinquedos — paraíso do inferno — tinha sido necessário. E agora isso. A pequena enganada, já prenunciando um caso clássico na vida de uma mulher. Se bem que naquele caso era diferente, ele é que seria enganado. A esposa, dona daquela boca que ele quis desde a primeira vez que viu, ia sair de casa logo depois com um cara melhor. Advogado, rico, falastrão e espirituoso. A vida é mesmo um filme de terror.

"Vamos?"

Ele olhou pra trás e viu a filha com Eduardo na coleira. O arremedo de rabo balançando devagarinho pra um lado e pro outro, com medo da desistência.

"Vamos." Ele respondeu sem ímpeto.

No elevador — ele, a criança, a bicicleta de rodinhas e o cachorro —, o silêncio entre pai e filha foi devastador.

"Qual é a sua matéria preferida?" Edgar perguntou, com a intimidade de um dentista que tenta distrair o paciente antes de um tratamento de canal.

"Desenho."

Desenho? Ele nem sabia que rabiscar era alguma coisa que se aprendia na escola. "Hum..." Foi tudo o que conseguiu dizer, e, graças a Deus, a porta metálica começou a deslizar diante deles. A menina saiu primeiro.

"Vem, Eduardo!" Ele foi atrás da garota e seu cão emprestado.

Edgar olhou com algum desgosto as rodinhas da bicicleta. Com a idade da filha, ele já desafiava a própria gravidade, com todo o duplo sentido. Caiu, quebrou um dente, mas se sentiu homem. Sorriu banguela e feliz. Tudo bem, a menina era menina, e as meninas só desafiam o corpo mais tarde. Com muito mais força do que qualquer homem, diga-se de passagem. Parir é um ato generoso demais pro sexo masculino. Que homem suportaria? Na praça, ele não precisou equilibrar a bicicleta. Mas teve que dar conta do Eduardo. Marina saiu da banca.

"Quer uma Stella?"

Edgar quis. Ela veio. Os dois ficaram ali, olhando a garota, o Eduardo latindo. Marina perguntou se ele não achava estranho a filha ainda precisar das rodinhas. Ele deu de ombros, com preguiça do que também pensava. Ela contou que o filho nunca andou de bicicleta, quando partiu pras duas rodas foi direto pra moto, pesadelo constante. Melhor assim, que a pequena não tivesse índole de aventura. "Ao contrário da mãe." Edgar completou.

"A aventura da mãe dela foi casar com você." Marina rebateu, rindo. Ele fechou a cara e gritou pra longe.

"Posso tirar uma rodinha?"

A menina encarou o pai e foram poucos segundos pros olhos se encherem de lágrimas.

"Esquece!" Ele gritou em resposta.

"Mais uma?"

Marina pegou a garrafa vazia da mão dele. Ainda era apaixonada pelo Edgar. Não de rolar a dor no travesseiro, era mulher feita e o caso deles já tinha virado história de Ipanema há muito tempo. Mas sabe aquelas pessoas que sempre vão ter um lugar de chegada na vida da gente? Esse era o Edgar pra Marina. Se ele dissesse vem, ela iria. Mas ele nunca disse.

Longe dos olhos do pai, a menina se arriscou: tirou uma das mãos do guidão. Marina olhou pro Edgar, como quem diz "tá vendo?". Ele não disse nem que sim nem que não. Evitou até olhar pra filha, sabendo que qualquer descuido inibiria a tentativa de liberdade dela. Eduardo se sentou em silêncio, como quem entende as necessidades humanas. Do pai e da filha. Marina entregou a cerveja e voltou pra banca pra atender um cliente de cigarro a varejo. A pequena veio voltando, agora com as duas mãos segurando as rédeas da própria ousadia, mas nos olhos estava o orgulho.

"Pai! Você viu?"
"Vi."
"Jura?"
"Juro."

E foi esse o diálogo entre eles. Às vezes — quase sempre — menos é mais. E já que não tinha muito espaço pra mais na relação dos dois, aquele menos era muita coisa. A menina correu até a banca e pegou um picolé com Marina. Edgar ficou olhando o pessoal da terceira idade fazendo tai chi na praça, ou melhor, no arremedo de praça sobrado das obras do metrô. Um quadrilátero privilegiado de comércio e vida de bairro. Agora o mais que se via era poeira, viga e concreto. E homens de chapéu de plástico.

Estava acostumado às pessoas, as mesmas, há anos, andando e fazendo compras e comendo e indo ao banco. Rostos conhecidos. Os "turistas" de Ipanema eram rapidamente identificados, gente de fora: do Leblon, do Jardim Botânico, de Copacabana. Ele enxergava o CEP no jeito de andar. Ipanemenses pertencem, são donos do bairro, andam de chinelo, de salto alto, de bermuda e traje de gala como se ali fosse o corredor da própria casa. Edgar já viu até gente de pijama indo comprar pão. Dizem que em qualquer bairro essa propriedade existe, mas em Ipanema ele tinha certeza de que era diferente. Um amigo filósofo dos tempos de colégio era quem dizia isso. E ele prestava atenção, até concordar. Era fato: os filósofos sabem coisas que a nossa vã cidadania não alcança. Era estranho que nunca antes tivesse percebido a Laura. Só naquele dia. Mas a vida prega surpresas que um dia talvez se desvendem. Ou não. A única certeza mesmo é o clichê da morte. Tão desagradável que alguns clichês façam sentido.

A pequena saiu da banca com a roupa já pingada de sorvete. O cachorro olhando o palito. Marina deu um sorriso de longe. Edgar deu a mão pra filha e o trio foi caminhando até a portaria do prédio. A moça da banca observando aquele homem trafegar pelos dias com a dificuldade de um vulcão. Quando entrasse em erupção, talvez não sobrasse nada.

////

Na serra, choveu no fim da tarde. Aquela chuva fina que não diz a que veio. Só serve pra impedir que os membros humanos ganhem expansão do lado de fora. A cozinha estava cheia. Preparativos pro jantar das bodas. Era pra ser um evento familiar, não fossem os convidados de última hora. Fionn e Maureen eram animados, gostavam da casa cheia e não tinham vergonha dos cinquenta anos de casamento que davam dicas da idade avançada dos dois. Nenhum deles tinha medo da morte. Pra Maureen, sem o risco do fim não teria começo. Pro Fionn era a lembrança constante de que não se deve deixar de viver nem um segundo. Marcos nem pensava nisso. O irmão comia pra não pensar. A mulher dele fazia pão. Tudo isso regado a muito vinho, muito *scotch* e muita sede. Laura entrou no furdunço com a cabeça destrambelhada. Não conseguia esquecer que a mulher do livro do homem tinha o seu nome. Não acreditava em coincidências, em destino, em carta marcada, mas ler a si mesma tantas vezes naquele manuscrito abalou as suas convicções. Será que, no fundo, ela tinha aprovado o livro por causa disso? Será que se ver traduzida por outro era tão hipnotizante assim? A mulher das páginas era outra, mas cada vez mais parecia que era ela.

Os braços do marido a enlaçaram por trás, segurando numa das mãos uma taça arroxeada de vinho.

"O João trouxe pra você."

"Obrigada, João." Ela pegou a taça e deu um gole. Era boa a sensação daquele líquido quente e alcoólico empurrando os pensamentos estranhos pra dentro do estômago. Olhou pros dois irmãos de nome brasileiro, filhos daqueles dois gringos indiscutíveis. Maureen e Fionn nunca pensaram em se passar por nacionais, mas acharam que os filhos nascidos no Rio de Janeiro mereciam o regionalismo. De Mark pra Marcos é um pulo. De John pra João a diferença está no til. Tudo bem, eles eram uma família multifacetada, como gostava de dizer a Catarina que, aliás, adorava essa palavra e a usava pra falar de si mesma, das receitas, da colcha da própria cama... Laura sempre desconfiou que ela não sabia exatamente o significado da expressão, mas gostava da Catarina e relevava. Imperatriz na Rússia, filha de D. João VI, princesa de Espanha... Deixa ela. Só pelo nome já merecia consideração.

"Laura, eu fiz pão de abobrinha sem glúten. Quer?"

"Aquele que você levou lá pra casa no aniversário do Marcos?"

"É."

"Hum, delícia. Já, já eu pego um pedaço."

Catarina ficou amuada. Seus temas de conversação não eram muito sortidos, o assunto sempre vinha de algum ingrediente de uma receita nova. Esqueceu que o pão de abobrinha já era assunto velho. Dentro da cabeça da Catarina morava muita farinha, agora sem o glúten o pensamento andava esvaziado.

Laura virou o vinho e pediu mais. Marcos nem estranhou. Serviu a mulher e ainda perguntou "Tá bom ou quer mais?". Era moderno, civilizado e gentil. Achava que as mulheres têm os mesmos direitos dos homens. Com a vantagem de serem mulheres. Pra ele, obras-primas da natureza. Ela viu que o marido já estava novamente engajado no uga-uga familiar, então pegou a garrafa já pela metade e foi lá pra fora. Andava querendo ser só. Dias, horas, minutos. Qualquer sobra de tempo que pudesse ser só dela. Passou do gramado na frente da casa e pegou uma estradinha de terra. Andou e bebeu, as mechas do cabelo recolhendo a poeira de chuva. Ali era tão bonito, mas tão triste ao mesmo tempo. Ela mesma era um pouco triste. Mas essa tristezinha de fim de tarde era um bem de que não queria se desfazer. Tinha certa angústia de gente que vivia mostrando os dentes. Sorriso demais é alma de menos. Não que acreditasse em alma. Não que defendesse o sofrimento ou a falta de felicidade. Nem pensar. Mas um bocadinho de lágrima estocada não fazia mal a ninguém. Que fosse só pra borrar o rímel. Que fosse só pra dar brilho nos olhos. A vida sem água não fazia sentido. Então a chuva era quase uma segunda natureza. Estoque de lágrima do céu. Não de Deus. De céu mesmo, aquele teto azul que varia tanto de cor.

O seu nome no livro do homem não lhe saía da cabeça. Não saía. Gostava e não gostava. Gostava e tinha medo. Tinha medo e vontade de ser personagem. Se a vida fosse reta, ali ela pediria uma curva. Nem precisava de velocidade, bastava o ângulo diferente. Não podia ligar de novo pra ele. Já tinha até se excedido. Pra mudar de assunto dentro do corpo, encheu mais uma taça de vinho.

Deixou a água fina da chuva entrar na taça, misturando o que não se mistura: ficção e realidade. Sentou numa pedra debaixo de uma árvore. A copa era tanta que nem parecia que chovia. Pensou que ainda tinha o jantar, o brinde, os comentários sobre a comida, a sobremesa e o resto da noite. Queria ir embora logo, queria o escritório e o supermercado. Mentira! Queria ele. Tinha medo até de formular esse pensamento, mas ele vinha agora debaixo da proteção da natureza embalada de álcool. Júlia ia ficar com os avós. Quinze dias de férias. Marcos trabalhava tanto, ia ter várias horas nos dias pra deixar a verdade entrar. E queria. Queria a verdade, mesmo que doesse como dizem. O coração deu três pulos e ela completou a taça, esvaziando a garrafa. Encostou naquele pedaço de nada que guardava calor e frio. A pedra. A pedra no caminho. Viva a poesia que usa a vida real e transforma as coisas em sentimento.

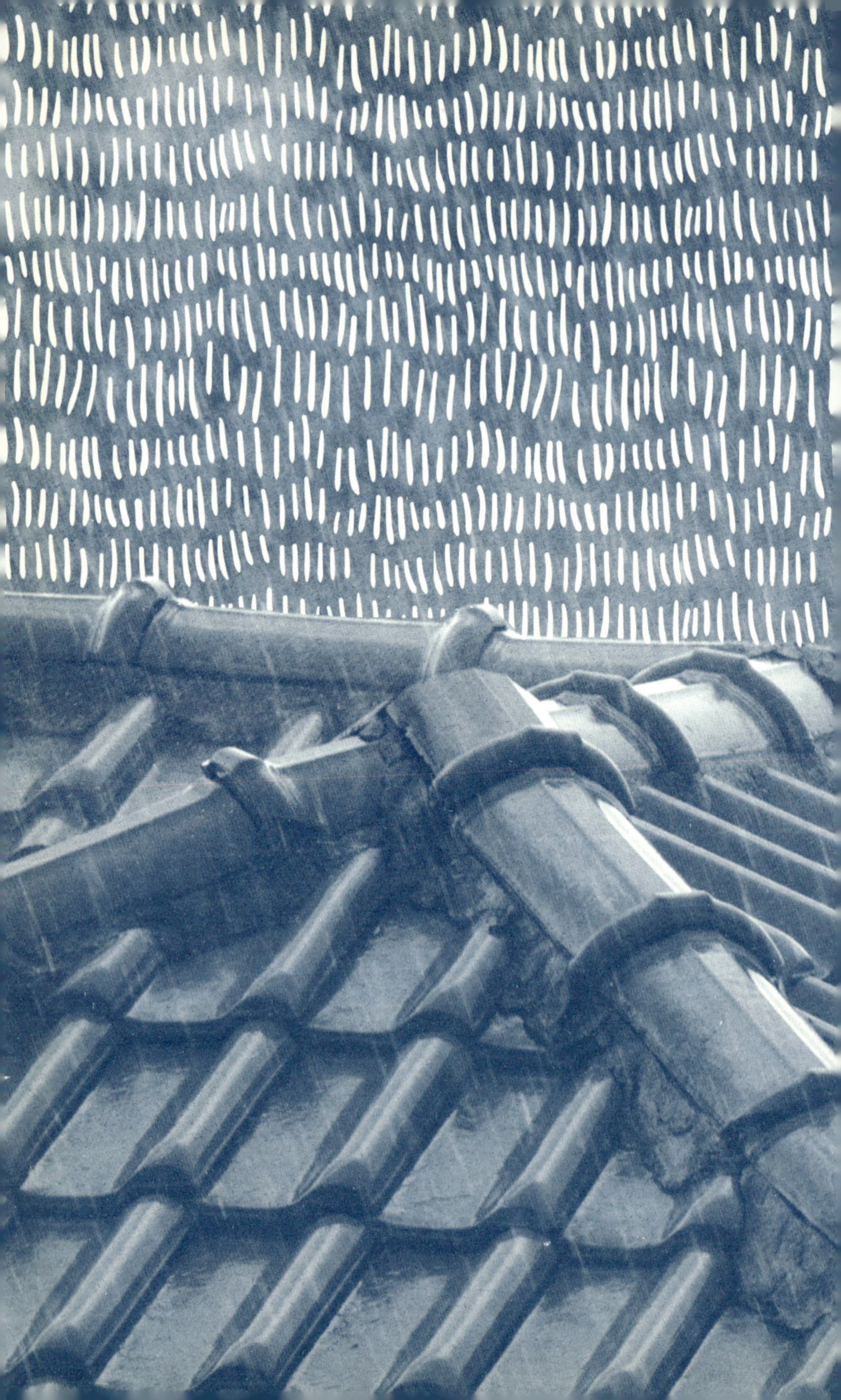

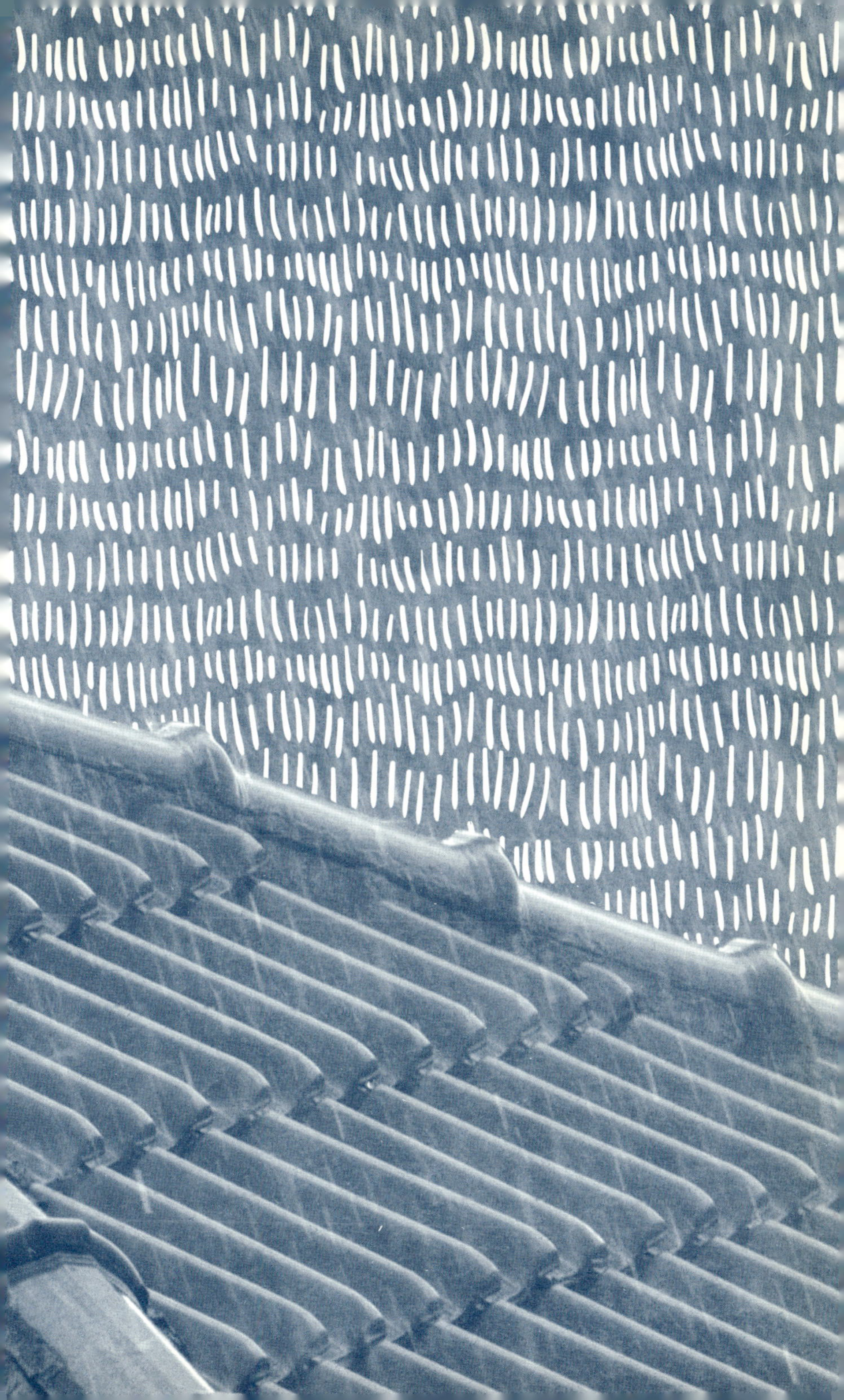

2

"*Você podia ser mais delicado!*"

"Eu nunca fui delicado, Helena"

"Pela sua filha."

E o silêncio se instalou entre ex-marido e ex-mulher. Eles já tiveram tanto assunto, assunto que rendeu uma criança, e agora era como se um fosse estrangeiro no país do outro.

"Eu não quero que ela cresça e seja uma bocó que tem medo de tudo."

"Medo não é congênito."

"Infidelidade é?"

Helena não respondeu. Tomou um gole do refrigerante e olhou pros tapumes da obra parada durante a noite.

"Ele não gosta que você beba em geral ou só quando tá comigo?"

"Eu não saí pra tomar um drinque com você."
"Eu sei. Comigo é sempre o que eu fiz de errado."
"Você não acha que a sua filha merece um encontro civilizado entre a gente?"
"Não. Não acho."
Helena sinalizou pro garçom.
"Quanto é o guaraná?"
"Deixa que eu pago." Edgar dispensou o garçom. "Eu não quero esse cara pagando nada quando você tá comigo."
"Eu não tô com você. O fato de eu estar sentada na sua frente é uma ilusão de ótica. Porque você não tá aqui, também. Você tá no passado, tá preso num enredo, fingindo que não fez parte dele. Ou você acha que eu me separei sozinha?"
"Eu não te forcei a dar pra outro homem."
Helena levantou e pegou a bolsa.
"Se tivesse acontecido com você, acho que eu também não perdoaria. Mas ela não tem nada a ver com isso."
"Tem, sim. Ela gosta dele."
Helena chegou a abrir a boca pra responder, mas desistiu. No tamanho da dor daquele homem não cabia entendimento. Nem se despediu nem nada. Saiu andando pra vida nova como se a velha não precisasse de cuidado.
Edgar não gostava que a filha gostasse do padrasto. Não gostava que seu sábado com a pequena fosse interrompido porque o marido da ex-mulher ia levar a família nova numa viagem. Não gostava de ficar sozinho com a filha, mas ser destituído da função de pai na metade do fim de semana por conta de qualquer coisa que dissesse respeito

ao padrasto era o pior dos mundos. Ele ia ficar em casa com o cachorro enquanto Helena ia fazer sexo no friozinho. Enquanto a filha ia dormir no quarto ao lado, sem suspeitar ainda do que a intimidade de um homem com a sua mulher era capaz de causar.

"Mais um!" Indicou o copo de uísque. O garçom, de longe, acenou positivo. Edgar ficou na mesa do bar, um copo de guaraná não terminado na sua frente. Pegou o guardanapo e anotou: *do futuro ela volta pra mim*. Rebouças, o garçom, chegou com outra dose. Edgar amassou o guardanapo com a frase escrita e colocou na bandeja junto com o copo usado. Era hora do jantar e ele se alimentava de memórias.

Rebouças já estava acostumado, na calvície com respingos de cabelo branco morava a sabedoria de quem conhece seus clientes de sempre. Não disse nada, porque nada era pra ser dito, nem olhou como quem entende o que se passa na vida do homem sentado sem companhia numa mesa de bar às oito e cinquenta e quatro da noite. O Edgar, mesmo casado, era solitário. Faltava nele alguma coisa de encaixe. Mesmo quando a vida a dois com a Helena dava certo, ele parava ali sozinho. Mas era pra beber a felicidade, como se não bastasse o que acontecia entre as quatro paredes de casa. Bebia e falava. Contava coisas boas pro garçom. Falava das viagens, levava sanduíche pra mulher. Quando o casamento desandou, as horas no bar aumentaram. Os silêncios também.

Depois de beber ele passou na banca.

"Fecha mais cedo."

Marina olhou pra ele, tentando adivinhar se era um convite, uma pergunta ou uma afirmação sem propósito.

"Quer ir lá pra casa?" Ele concluiu o pensamento dela.
Marina olhou pra ele, reparando nos olhos já injetados de álcool.
"Acho melhor não."
Ele sorriu, ela tinha razão. Ele queria alívio instantâneo, ela queria reverter o passado.
"Desculpa."
"Não precisa. Se eu não gostasse de você, juro que ia."
Ele deu um beijo na testa dela.
"Eu devia ter me apaixonado por você"
"Eu também acho. Mas o inferno é que o coração tem vida própria."
"Vida própria é o tipo da coisa inútil." Ele disse, rindo.
"Você fala isso da boca pra fora, porque o que você queria mesmo é que ela voltasse."
"Até quando?"
"Até a vida própria do seu coração pouco inteligente mudar de rumo. Vai saber..."
"Eu realmente devia ter me apaixonado por você, Marina."
"Deixa pra lá."
"Deixo. Fazer o quê?"
"Uma Stella pra fechar?"
Ele aceitou e sentou no banquinho do lado de fora da banca. A Marina tinha feito do seu meio de vida uma coisa agradável. Vendia cerveja gelada, cigarro no varejo, revistinha e guarda-chuva. Era uma banca de jornal com atitude de botequim bem cuidado. Ajeitou o canteiro do lado, plantou flor e tudo mais. Colocou cinzeiros e bancos

de bar. Ali, a pessoa podia beber e conversar sem pagar os dez por cento. Muitas páginas do manuscrito que agora ia ser publicado, Edgar tinha escrito ali, sentado em meio ao barulho da obra da praça, debaixo dos olhos castanhos e interessantes da Marina. Tão longe, tão perto. Ele lembrou do filme do Wim Wenders que falava dos anjos que observam a vida dos humanos na capital alemã. Lembrou da Nastassja Kinski, linda. Agora devia estar com mais de cinquenta, um botox ou outro, talvez. Olhou pra Marina, a pele gasta sem tratamento, o cabelo manchado de branco, o macacão jeans eternizando a juventude que vale ouro nos dias de hoje. Ela nem era do tipo que se ocupava com o envelhecimento, mas mantinha o frescor dos vinte sem realizar que eles já tinham se multiplicado por dois e mais um pouco. Gostava dela. E lamentava mesmo por não ter se apaixonado. Ela era simples e de verdade. Desse tipo "mulher de fibra" que não deixou a vida acabar com tudo que abalroou o seu caminho. Um marido morto, um filho longe, a leveza da vida na praia de Ipanema substituída pela banca de jornal.

    Vivia direitinho, sem luxo e ainda no bairro nobre. Num conjugado bem ajeitadinho lá perto da General Osório. O quadrilátero chique tinha sido escolha comercial. Tino bom pros negócios ela tinha. Não se aventurou com mais ambição porque teve preguiça. Se pudesse ir trabalhar a pé ou de bike, dar o seu mergulho da vida inteira no Arpoador, tomar umas e outras sem o risco de acordar na rua, e ainda continuar colega dos amigos de adolescência estava bom. Não queria luxo monetário nem intelectual.

Acreditava em anjos, daí Edgar lembrar do filme de Wim Wenders. Por causa da Nastassja Kinski também. Terminou mais uma Stella e disse boa noite. Ela passou a mão no rosto dele e disse "Vai passar." Ele respondeu "Vai", mas não acreditava muito nisso. Respondeu só pra ser gentil, porque, apesar das marcas da vida, gostava da delicadeza. E se às vezes passava por antipático, cínico ou metido, era só porque nem sempre gostava de dar o braço a torcer. Olhou pro céu encoberto e atravessou a rua a caminho de casa.

3

"*Essa mulher é tudo* na minha vida!" Fionn declarou e ergueu a taça, chamando o brinde coletivo. Era bonito de ver aqueles homenzarrões corados em volta daquela mulher franzina, cabelo prateado, unhas vermelhas e dentes amarelados na boca. A árvore transplantada montando o cenário recortado na janela. Tinha valido a pena todo o esforço. Da vida em comum e da realocação da árvore. Não teve quem não levantasse o copo.

Além da família, os amigos bateram palmas, gritaram "*Hooray*" e assoviaram. Era incrível que Fionn e Maureen tivessem encontrado tantos vikings na serra. Iona e Archer também eram um casal irlandês, ambos de Dublin, mas brasileiros de coração. Moravam na região há mais de trinta anos e nunca tinham voltado à Irlanda. O engraçado é que mesmo longe por tanto tempo, mantinham certas tradições e, quando se juntavam a Fionn e Maureen, só falavam em inglês. E com sotaque. Mas em nome dos nacionais presentes na festa, estavam se comunicando em português mesmo. Keela, mulher de quase quarenta, era de Limerick e conheceu o marido, Pierre, numa feira gastronômica na Austrália. Apaixonaram-se perdidamente e vieram viver no Brasil. Pierre era dono de uma pousadinha em Pedro do Rio e estava na feira em busca de técnicas de pâtisserie pra abrir a própria padaria na pousada. Keela, padeira de mão cheia, prometeu receitas públicas e secretas. Menos de três meses depois estava de mala desfeita na região serrana do Rio de Janeiro. É dela a receita do pão de abobrinha sem glúten. Bert, solteirão convicto aos sessenta e oito anos de puro malte, era rico e viajado. Pintava aquarelas e gostou da cor dali. Passou primeiro dois anos, quando ainda era jovem e rico só de pai e mãe. Quando os pais se foram, vendeu tudo em County Kildare e veio embora. É claro que o apelido de Bert virou...

"Doctor Kildare, mais vinho?" Fionn, bêbado e feliz, gritou da cabeceira da mesa.

"Sempre!" Foi a resposta do homem/personagem, representação clássica da figura do rico de blazer azul-marinho e mãos sujas de tinta.

João serviu mais uma rodada. Fora os gringos, a família e seus agregados nacionais, estavam presentes Francisca e Romeu, casal setentão e também hoteleiro de Itaipava. Carlos e Jofre, gays criadores de chihuahuas no Vale do

Bonsucesso. Nayara, a massagista local, e Sílvia, escritora de livros eróticos de bolso, desses que se encontra em bancas de jornal. Sílvia, viúva de homem do exército, teve a sorte de herdar apartamentos na Tijuca, mas como nunca gostou da ideia de ser chamada de suburbana, manteve os imóveis alugados e se mudou pra casa de campo na cidade de Petrópolis. Vive só e mesmo com quase oitenta anos não deixou de pensar em sacanagem. Escreve romances tórridos, uma média de um por mês. Uma turma animada, a do casal Fionn e Maureen.

Marcos, vermelho de vinho e felicidade, bateu na taça com o garfo e pediu silêncio. Abraçou o irmão João, derramando lágrimas dos olhos, e encarou o pai e a mãe.

"Tudo que eu sei de amor, aprendi com esses dois." Olhou pra Laura, afundada na cadeira com a pequena Júlia no colo. "Se eu for capaz de dar pra minha mulher um terço do que você deu pra mamãe, minha vida vai ter feito sentido."

Uma chuva de gritos e palmas e comentários exaltados encheu o ambiente, que ficou congelado diante do rosto dela. Aquele homem sorridente, apaixonado e confesso; as pessoas batendo copos, já sem saber qual era exatamente o motivo do brinde; a própria filha que olhava o pai com admiração e amor imenso; o casal das bodas que dava um beijo sem sexo, tão comum entre casais de muitos anos; a massagista que orava em silêncio e segredo em homenagem àquela gente divertida; a velha erótica que bebericava a própria solidão; o casal gay que, politicamente correto, se beijava e fazia juras de amor; Dr. Kildare, que prometia

uma aquarela a Keela e Pierre; João, que soprava beijos na direção da Catarina; Francisca e Romeu, Iona e Archer...
Laura sorriu com os olhos pro marido, mas a paixão que a tiraria da cadeira era outra. Viu o homem balbuciar "Eu te amo" e alguma coisa remexeu o seu estômago. Não foram as borboletas nem foi o frio na barriga. Foi uma onda de enjoo mesmo, que desabrochou em vômito repentino no tapete.
Marcos largou a taça e foi até ela. Júlia pulou do colo e se afastou da mãe. Maureen riu.
"Essa família beberrona não é boa companhia. Pierre, tem um Oxyboldine pra ela?"
Pierre tinha. Maureen colocou numa taça com água com gás. Marcos ajudou Laura a se levantar. Francisca correu na cozinha pra buscar um paninho.
"Desculpa, Maureen. Não percebi a tempo." Laura disse, limpando a boca com um guardanapo.
"Meu amor, aqui você não precisa perceber nada a tempo."
E foi aí que Laura olhou pro marido, estendendo o copo na sua direção.
"Você vai ficar chateado se eu for pro quarto?"
"Claro que não. Mas toma isso primeiro."
Ela tomou o Oxyboldine. Foi até Maureen.
"Você sabe que eu sou sua fã."
"Eu também, minha flor. Vai deitar. E se precisar, grita. Ninguém vai a lugar nenhum."
Maureen abraçou Laura, desconsiderando a possibilidade de restos de comida interferirem no caminho de amor que tinha pela nora.

"Marcos, vai com ela. Espera ela dormir."

"Não precisa, já tô melhor. Vou tomar uma coisa qualquer pra dor de cabeça, amanhã tô nova em folha. Jú, aproveita e vem pra cama também. Já passou, e muito, da sua hora."

"Deixa que eu levo ela já, já." Marcos disse e Laura concordou. Os dois saíram da sala, já ouvindo a repercussão do mal-estar. "Ela não tá acostumada", "O problema foi que o jantar demorou muito pra sair", etc. O blábláblá eterno de quem fica pra comentar o que já aconteceu.

No quarto do casal, Marcos colocou Laura na cama.

"Quer que eu traga um café?"

"Não. Eu tô bem."

"Um chá?"

"Marcos, tá tudo bem, eu só preciso dormir."

"Mas não é melhor tomar alguma coisa antes?"

"Não."

"Pra não ter ressaca."

"Eu já tô de ressaca!" Isso saiu sem que Laura preparasse, assim como o vômito. Marcos olhou pra ela, sem saber se a frase era figurada ou vida real.

"Desculpa." Ela falou.

"Essa ressaca é do excesso de bebida ou de alguma coisa que você quer dizer e não disse?"

"Vamos deixar essa conversa pra outra hora?"

"Então tem uma conversa?"

"Tem. Mas eu não sei se eu sei exatamente qual é o assunto."

"Quer falar agora?"

"Não."
"Tem certeza?"
"Tenho. E para de me tratar como se eu tivesse doze anos."
"Eu não tô te tratando como se você tivesse doze anos."
"Você me trata como se eu tivesse doze anos."
"Como assim, Laura?"
"Tá vendo?"
"O quê?"
"Você fica insistindo!"
"Eu não tô insistindo, eu só quero saber qual é o assunto dessa conversa."
"O assunto dessa conversa é você. Sou eu. É o mundo mágico dessa família que parece que nunca derramou uma lágrima na vida, que nunca teve um segundo de solidão, de melancolia, de qualquer sentimento que pareça mais humano."
"Do que é que você tá falando, Laura?"
Ela ficou em silêncio. Também não sabia. Olhou pro marido pedindo uma trégua.
"Nada. Eu bebi demais."
Foi a vez dele de fazer silêncio.
"Deixa eu ficar sozinha um pouco, por favor."
Ele deixou. Saiu do quarto devagar, sem saber se insistia ou se deixava o futuro bater na sua porta sem bilhete de chegada. Que foi o que ele encontrou no dia seguinte, na mesinha de cabeceira.
"Desci. Tá tudo bem. Eu só preciso de uns dias. Desculpa por ontem. Dá um beijo na Maureen e no Fionn.

Eu não fiquei porque ia acabar sendo uma companhia desagradável. Beijinho na Jú. Amor, Laura."

/ / / •

O que aconteceu em seguida aconteceu rápido. Laura pegou o carro antes de amanhecer e voltou pro Rio de Janeiro. Nem mesmo uma valise de mão. O que vinha dentro do coração era tão novo, tão assustador, que nem o escuro da serra no começo da viagem foi maior. O dia foi clareando fora do carro, ela alternando o pensamento entre a excitação feliz de estar tomando uma atitude tresloucada pela primeira vez na vida e o medo daquilo que não sabia o que era. Abriu as janelas, todas, deixando o vento frio tomar conta de tudo. A paisagem que os olhos alcançavam na velocidade de cento e doze quilômetros por hora não parecia real. Árvores borradas, céu distorcido, asfalto sob os restos da neblina da noite. Imagens da noite anterior atordoavam seu pensamento: taças brindando, gritos de criança, gargalhadas seguidas de pedaços de frases, seu vômito no meio da festa. Depois vinham cenas da infância da Júlia, do bebê Júlia, Marcos trocando fraldas, ela na cama olhando o marido com felicidade. Tudo parecia ter acontecido em outro tempo, em outra vida — se ela acreditasse em outra vida. O que ela imaginava que ia encontrar do outro lado da estrada era quase um outro ser humano. Outra Laura. Pisou no acelerador, já que essa outra não tinha medo da velocidade. Nem dos riscos. Era como se não existisse nada além daquela nova realidade criada, como se ela tivesse acabado de ser inventada. Uma coisa estranha, que ela nunca tinha sentido, uma liberdade de existir que nenhum pai e nenhuma mãe oferecem nas melhores educações. Parou num posto de gasolina. Pediu café com leite e pão na chapa. Marcos não gostava de parar em viagem. Ela dizia "Mas vão ser cinco minutos". Ele respondia que cinco minutos nunca são cinco minutos, que cinco minutos representam mais meia hora na estrada. Ela nunca entendeu essa matemática, até porque achava que a viagem era um lazer. Mesmo a estrada. Tudo fazia parte do passeio. Pro Marcos, o passeio começava quando chegavam ao lugar de destino. Destino pra ela era uma palavra com significado de dicionário. O café com leite chegou quente no copo e ela gostou da sensação dos dedos pelando sobre o vidro. O quente era melhor do que o frio. Mordeu o pão e a manteiga escorreu no guardanapo fajuto. Olhou em volta e viu que o seu dia começava com o dos caminhoneiros. Gostou da sensação de estar deslocada naquele mar de gente de fora.

No meio daqueles homens brutos, viu uma mulher de cabelo branco, curto, boné e macacão. Sozinha num canto do balcão, olhava ao redor como se procurasse alguma coisa. Viu Laura e, depois de fixar os olhos nela por uma fração de segundo, sorriu. Ergueu o copo de dois dedos de café preto, como quem brinda. Laura ergueu o seu também. De certa maneira, era como se aquela mulher tivesse compreendido o seu novo mundo. As duas beberam em seguida, como reza a tradição do brinde. Laura pagou

a conta e foi embora sem olhar pra trás. Nem mesmo pra cúmplice desconhecida. Entrou no carro, ligou o som e seguiu viagem. Uma viagem que ela não fazia ideia de onde ia dar. Uma viagem que talvez tivesse a ver com a tal palavra que pra ela nunca tinha passado de letras aglutinadas com sentido desconhecido.
Destino.

// / •

Ele chegou em casa e escreveu sem trégua e sem constrangimento. Riscou um capítulo inteiro e começou tudo de novo. Parecia que só agora a história que antes tateava encontrava o ponto de deságue. Nem o choro do bebê do vizinho — lembrando que viver é muito difícil — fez com que os dedos parassem. Viver talvez fosse como o vício do fumo: terrível no começo, mas depois que a gente se acostuma não consegue mais largar. A estranheza das palavras ganhando contorno. Mas agora ele achava que o que era antes não passava de rascunho. Pensou que todo escritor deve ter esse tipo de sensação e, talvez ali, reescrevendo a própria história, tivesse se tornado um.

Os guias de viagem não contavam, eram como um retrato existencial, várias selfies, se ele fosse dessa época autorreferente. Já uma história, saindo da sua cabeça — por mais que a vida real estivesse quase sempre embaralhada no meio da ficção — era uma novidade cheia de sabor. Foi batendo os dedos nas teclas do computador, enquanto Eduardo, a única testemunha, dormia de barriga pra cima e pernas abertas no sofá. Parou com o sol nascendo, foi pra rua, tomou café no balcão da padaria. Comeu pão na chapa.

Olhou a rua ainda vazia, gente dentro dos ônibus, Marina abrindo a banca sem saber que estava sendo observada. Ela estacionou a bicicleta elétrica, guardou a chave no bolso do macacão jeans e tirou da cabeça um chapéu com proteção UV. Incrível como nos dias de hoje se compra tudo o que dizem que faz bem. O sol que coroa o corpo de vitamina D é o mesmo que dá câncer de pele, contra o qual se usa filtro solar que, recentemente, se aventou dizer que causa câncer de pele. Ou seja, a humanidade ainda não aceitou o risco de viver. Depois de dar o último gole no café, puxou o celular do bolso e digitou: *quero te ver*. Guardou o aparelho e seguiu devagar até a calçada, achando que seus passos tinham mudado de tom. Achando que seu tom tinha mudado de caminho.

Acenou pra Marina, que acenou de volta. Cumprimentou um ou outro porteiro. Voltou pro silêncio do apartamento e deu de cara com Eduardo, na porta, deixando claro ter sido esquecido. Ele pediu desculpas e entrou direto pro quarto. O peludo se resignou e voltou ao sofá. Nada tinha mudado na geografia daqueles metros quadrados, mas a verdade é que dentro do dono, o quarteirão inteiro parecia diferente.

/ / / /

A mensagem chegou assim que ela entrou em casa, jogou a chave no aparador e abriu a cortina da sala. Olhou o próprio lar e pensou que a vida não era pra sempre.

Eles se encontraram no fim da tarde num restaurante do bairro, com a despretensão imprecisa de quem não sabe o que vai dentro do outro. Ele disse que tinha rabiscado coisas novas, que queria mudar o caminho da história. Queria trocar a amargura pela possibilidade. Disse que quando começou a escrever estava vivendo de rancor e, agora, mesmo que o rancor não tivesse passado, achava que escrever não tinha a ver com isso. Ela gostou, sabia que existia um escritor embaixo daquilo tudo. Edgar perguntou se ela queria mais um drinque. Laura olhou pro relógio, lembrou que estava sozinha em casa e disse que sim. Ele chamou o Rebouças e pediu mais um Spritz pra ela. Pra ele, outro uísque. Nem parecia que dias antes estava ali, naquele mesmo lugar, tendo uma conversa desconfortável com a ex-mulher. A vida é rápida, quase todos os clichês dos para-choques de caminhão se aplicam. Não sei se felizmente ou infelizmente. Mas o fato é que distraem o motorista de trás e causam acidentes.

Edgar perguntou da viagem, Laura disse que preferia outro assunto. Cirúrgico, ele disse que o casamento é um mal necessário. Ela quis saber como assim. Ele explicou que a gente casa porque se apaixona, separa porque deixou de amar, sofre pelo fracasso, mas, mesmo quando diz o contrário, quer sentir tudo de novo, como se o corpo esquecesse o que fazer quando vive só pra si. Laura pensou que era assim mesmo que vinha sentindo os dias, só dela, disfarçados de família. Amava o Marcos, amava a filha, mas, mesmo sem parecer, mesmo querendo e precisando de solidão, só agora percebia que andava sozinha há muito tempo. Uma vez ela disse pro irmão que o problema de perder os pais cedo é que ninguém te chama pra jantar, você tem que lembrar por conta própria, tem que deixar o corpo dizer a que veio. Era estranho olhar praquele homem à sua frente. Já tinha estado diante de muitos, conhecia gente de não lembrar o nome, vivia de gente — gente que inventa histórias —, mas, de repente, achava aquela intimidade esquisita. Era como se entrasse nele. Pior: era como se ele estivesse dentro dela. Uma sensação que nunca tinha experimentado, nem mesmo no sexo que, aliás, nem achava que era a parte mais íntima de um casal. E, ao mesmo tempo, era. Falou do irmão como se Edgar já soubesse. E ele respondeu como quem sabia. Achava que as pessoas que vão viver em outro lugar são as que não precisam de papel e caneta pra recriar a própria história, não precisam de uma tela, de um palco, não precisam de nada. Ela perguntou se ele não achava que era uma maneira de fugir. E ele respondeu que fugir era a natureza do homem. Fugir de morrer. No fundo, a única coisa que importa mesmo pro ser humano é não morrer, ele concluiu. E essa, infelizmente, era uma causa perdida, uma guerra ganha por aquilo que ninguém consegue explicar. Nem teólogo nem químico.

Depois eles riram e falaram de coisas sem importância. Ele falou um pouco do pai, da filha. Não falou do espírito santo porque o estado ele não conhecia, e a divindade não lhe dizia respeito. Ela riu. Marina passou do outro lado da calçada e acenou. Ele retribuiu e viu a mulher seguir caminho girando o pescoço umas duas ou três vezes antes de sumir de vista. Chamou o Rebouças e pagou a conta. Laura reparou que a mancha no paletó branco do garçom continuava no mesmo lugar da lapela desde a primeira vez que tinham sentado juntos ali. Ia comentar, mas Edgar segurou sua mão e tudo mais sumiu da sua cabeça. Foram embora assim. O fim da tarde já distante há muito tempo.

Passaram pela porta de um teatro ipanemense de tradição. De tudo já tinha passado por ali: peças revolucionárias, peças ruins, shows de música, cultos evangélicos. Depois de muito tempo parecendo só um lembrete do passado, tinha voltado a tentar se impor como lugar de respeito. Viram a fila na porta. A Helena estava em cartaz ali, fazendo um espetáculo afetado com cara de grande coisa. Ele foi na estreia e se arrependeu. Foi uma tentativa de ser adulto e encarar a vida de frente. A filha ficou perturbando o pai dizendo que ele tinha que ver a peça da mulher responsável por ela existir, mesmo que eles não fossem mais casados. Edgar foi e achou terrível ver a nova família formada no final. O marido novo, a filha — que não viu a peça, mas foi depois com a avó encontrar a mãe e o pai postiço no teatro pra jantarem todos juntos. A parte de não ver a peça era um bônus pra menina, porque tinha sido uma hora de puro aborrecimento bem iluminado.

Helena fazia teatro sério. Na verdade, fazia teatro sério porque nunca deu certo na televisão. Até tinha feito uma ou outra aparição esporádica nessa novela ou naquela. Enfermeira, paciente, compradora, vendedora, advogada, carcereira... Nada que passasse de um ou dois capítulos, nada que dissesse que era uma atriz. Voltava pra casa com ódio da humanidade, reclamava que tinha sido maltratada até pela camareira. Até que desistiu e voltou com força total pros palcos em montagens com significado. Também fez uma participação num filme cabeça e foi aí que conheceu o atual marido. Advogado. Amigo de uma amiga de um amigo de alguém do filme. Na estreia. Edgar estava com ela. Sentiu na hora o olhar mais demorado, o elogio desmedido. Na verdade, a melhor coisa do filme era a nudez da Helena. Nudez despudorada de quem acredita no que está fazendo. Pelos à mostra, todos eles, já que ela não era mulher de virilha cavada. Foi ali que o trem desandou. O pulha era viúvo! Fetiche maior não existe. Estava sendo empurrado pelos amigos pra ver filmes, ir a restaurantes, museus, o escambau, pra desencanar da mulher perdida pra um acidente de carro. O que dava mais raiva era que as pessoas diziam que o torpe era bacana. Gíria mais cafona: bacana. Elogio perdido de uma década que veio se arrastando pelas outras e ainda tinha lugar depois de dois mil e tanto. Dali pra frente ela perdeu o interesse, reclamava cada vez mais, certamente comparando o destrambelhamento dele — que durante anos tinha tido lá o seu charme — à retidão do viúvo adocicado. Odiava aquele cara. Queria, mesmo, que ele morresse. Mas a verdade é uma só: a vida não vem de receita. É a pimenta demais ou o açúcar de menos que provoca os efeitos colaterais. No caso dele, o divórcio.

Mas naquele dia, passando pela porta do teatro com aquela mulher outra, quase uma fantasia por enquanto, nem mesmo o nome da ex em letras garrafais causou o tumulto interno de sempre. Foi uma reação nova, como a primeira vez que se tem dor de dente, uma coisa aguda, que até o cérebro formular que é dor, e que é no dente, você já registrou no corpo. Foi isso que aconteceu com ele. Olhou pro lado e pegou Laura colocando o cabelo pra trás da orelha, um gesto tão típico das mulheres. E aquelas unhas limpas, sem esmalte, percorrendo o desenho daquela parte do rosto... Quis conhecer o corpo dela, quis ver a Laura nua.

"Minha ex-mulher faz essa peça." Falou, como quem rompe um voto de segredo, como quem comete o sacrilégio de dizer um nome santo em vão.

"É? Quem é ela?"

"Helena Ribeiro." Disse o nome artístico, que a ex tinha escolhido antes de se conhecerem. Depois de um tempo de namoro, Edgar tentou fazer com que ela mudasse, achava pouco sonoro. Ribeiro parecia coisa de cidade de interior, riacho, pedrisco, truta congelada. Mas ela não quis mudar e ele se conformou.

"Ela é boa?"

"Não. Diz que é atriz porque gosta e não se interessa pelo resultado." Respondeu, corrompendo a cumplicidade que até hoje mantinha com a ex.

"Bonita?"

"Sim."

E aí veio aquele silêncio da falta de assunto entre duas pessoas que querem ir pra cama juntas. Ela atravessou a rua sem olhar pra ele. Estava pensando na Helena, e

em todas as mulheres que já tinham povoado a cabeça daquele homem.
"Quantas vezes você se apaixonou?"
"Duas."
"A Helena foi uma?"
"Foi."
"E a outra?"
"Ainda não chegou pra ficar."
Ela encarou Edgar com a seriedade de quem ouve o que não quer. Ela não queria porque sabia que aquela frase podia mudar completamente o rumo dos seus dias. Disso já desconfiava, mas não queria ainda a certeza. Ficou sem jeito e encerrou o assunto. Já estavam a dois prédios do seu, o que pareceu um alívio carregado de angústia.

A despedida foi com dois beijinhos, as mãos se largando por instinto típico da culpa. Ele apoiou a mão na cintura dela, ela apoiou a mão no ombro dele. Tempo que fica suspenso no ar. Disseram "A gente vai se falando" e ele esperou que ela entrasse na portaria pra mandar o último aceno. Ela entrou no elevador sem dar boa-noite ao porteiro. E abriu a porta de casa como quem macula um espaço sagrado. Não acendeu a luz. Abriu a janela da sala que emoldurava as copas das árvores da rua acima da praça e ficou observando as pessoas indo e vindo, umas com a vida calma, outras, como ela, prestes à tempestade. Quis que chovesse, mas o céu era só estrela. Nuvem nenhuma apagando os pontos de luz no azul-marinho. Viu quando ele atravessou mais uma rua com as mãos no bolso. A cabeça pra frente, o cabelo curto de um homem comum.

• / 10

Não conseguiu dormir. Perambulou pela sala, cruzou o corredor. Abriu a porta do escritório, olhou as estantes, as fotos nos porta-retratos, o sofá de couro velho com a manta displicentemente jogada — mas que a empregada arrumava todos os dias de modo a manter o calor da vida diária —, a sua mesa empilhada de pastas e provas de capa e resenhas impressas e folhas anotadas: tudo aquilo já parecia um fantasma de coisas que não eram mais dela. Pensou no Marcos, na filha, sabia que tinha um futuro adiado, sabia que estava vivendo um presente já com cara de passado.

Ligou pra ele às sete e meia da manhã. Foi atendida pela caixa postal. Tomou um banho, depois fez café. Comeu dois biscoitos de água e sal sentada no balcão da cozinha que era aberta pra sala. Lá fora, as obras já castigavam a praça. Tinha sono, mas não queria dormir. A vontade era de estar acordada o tempo todo, de não perder nem um minuto. O telefone de casa tocou. Ela deixou a secretária eletrônica atender e pensou que as máquinas existem pra substituição. A secretária eletrônica, coitada, trocada pela caixa postal, uma coisa que não tem nem matéria pra provar sua existência. Era o Marcos. Deixou um recado que falava de saudade. O marido estava com saudade dela. Júlia mandava beijos. Fionn e Maureen também. Já tinha combinado com a mãe e desceria sozinho. Pra eles terem um tempo a dois. Ficava mais uma semana lá e voltava. Disse "Um beijo, te amo", e desligou. Laura foi pro quarto, fechou as cortinas blecaute, conferiu o celular sem mensagem nem ligação perdida, ligou o ar-condicionado e se enfiou debaixo das cobertas. Nada mais eficiente que o sonho. Mas não dormiu. A realidade andava mais promissora que a fantasia.

Levantou, abriu a janela do quarto e se vestiu. Ia andar na rua, ia ver pessoas, ia plugar o pensamento na vida real. Desceu de tênis e roupa larga, sem lembrar de pentear o cabelo nem de passar maquiagem. Entrou na feira e comeu pedaços de frutas. Pensou em comprar flores, mas desistiu, porque não queria carregar mais nada. Falou com gente que via ali há anos, mas parecia estar vendo pela primeira vez. Parou na banca e comprou um jornal. A mulher foi seca com ela, ou talvez fosse só impressão, mas ela não deu importância, não tinha hábitos de jornaleiro. Não fumava nem lia revistas. Nem mesmo revistinhas e figurinhas pra Júlia ela comprava. Era sempre o Marcos quem fazia isso.

Laura sentou num café logo adiante. Pediu um cappuccino e uma água, pra não ficar sem consumir. Folheou o jornal com desinteresse. Na verdade, queria alguma coisa que não deixasse as mãos vazias, mais do que saber o que acontecia no mundo. Lambeu a espuma da xícara e lembrou que não gostava de cappuccino. Na verdade, não gostava de leite. Não sabia por que pedia cappuccino, uma versão rebuscada de café com leite. Vai ver alguém dentro dela gostava, só ela que não sabia.

Onze e vinte o celular tocou.

"Desculpa, só vi agora a sua mensagem. Fui dormir quase de manhã."

Era ele.

"Imaginei." Foi o que ela respondeu, sem saber se realmente tinha imaginado. Mas foi uma daquelas frases imediatas, que tiram a angústia da resposta da frente. Era tão bom ouvir a voz dele, tão bom ele estar ligando de volta. "Eu também quase não dormi."

"Você tá onde?"

"Num café aqui perto."

"Já comeu?"

"Não. Pedi um cappuccino, mas lembrei que não gosto de leite."

"Também detesto." Ele disse e ela se sentiu com treze anos, o coração disparado por causa da semelhança.

"Você não tem mesmo cara de quem gosta de leite."

"E o mais doido é que volta e meia eu peço, sem pensar."

Ele riu e perguntou se podia tomar café com ela. Laura disse "Claro que sim, quer que eu vá pedindo alguma coisa?" e Edgar respondeu que ela podia pedir um expresso. Ela desligou e disse pro garçom levar aquele cappuccino da mesa e voltar com dois expressos e uma água com gás. Pegou o calhamaço impresso na bolsa e colocou em cima da mesa. Viu quando ele apareceu do outro lado da rua, de óculos escuros e cachorro a tiracolo. O cachorro deitou ali mesmo, a identidade achatada pelo dono. Laura chamou e ele veio, lambeu a mão dela e deitou ao lado da cadeira. Nos dois beijinhos, ela sentiu o cheiro de sabonete dele tomando conta do corpo inteiro dela. Os dois ficaram em silêncio, sem saber o que dizer dali pra frente.

Edgar pensou em todas as coisas que queria que fossem diferentes no dia seguinte. Encarou Laura como se pertencesse a ele. Era muito diferente do que sentia por Helena. A mulher na sua frente era quase uma chave pro futuro, o caminho de volta, seu nome próprio. Tomaram o café, a água e falaram da vida. Depois dessa conversa que chove, mas não molha, eles voltaram pra casa. Dele. Foi uma coisa assim sem preparação, sem convite nem enunciado. Como se o normal sempre tivesse sido subir com ele e o cão no elevador, entrar na sala despovoada daquele apartamento sem calor humano e sentar no sofá. Edgar tirou a coleira do Eduardo que, como se conhecesse sua deixa depois de cem apresentações de uma peça, foi batendo as unhas no piso de madeira até a cozinha e desapareceu como se nunca tivesse existido. Ela ficou no sofá, esperando Edgar, que também saiu de cena e voltou com dois martínis. Laura agradeceu e disse que achava chique tomar martíni, ainda mais assim, no meio da tarde, sem motivo. Ele sentou na poltrona em frente a ela e os dois beberam em silêncio, sem desconforto.

Ela reparou nas paredes com pregos que um dia sustentaram quadros, na mesa de centro sem enfeites, no vazio da cortina retirada sem nada posto no lugar. Era árido, mas com uma tensão que baixava as pálpebras e envergava o pensamento.

Talvez fosse só efeito do vermute. Ou do gim. Quando Laura percebeu, Edgar já estava ajoelhado na sua frente.

Os dois copos na mesa, as mãos dele nas suas pernas. Ela não fez nada a não ser ceder ao peso dele, que levantou sua blusa e foi direto na barriga, na altura do umbigo, a boca quente na pele retesada de espera. Ele foi tirando a sua roupa devagar, sem pressa nem urgência, como se aquele tempo fosse todo planejado, a descrição de uma cena de livro ou de filme. Ela nem pensou que não devia fazer aquilo, que estava tudo errado, que sua história era outra, mais previsível e de coração menos disparado. Deixou beijar, deixou pegar, beijou e pegou também. O calor se espalhava pra além do corpo, era como se qualquer outra coisa não fizesse sentido, como se a vida só pudesse se fosse daquele jeito. Nem jovem tinha frequentado essa sensação, de completude sem paz interior. Então ele se debruçou sobre ela, que foi se acomodando ao couro do sofá, ao peito dele sobre o seu, às costas dele, que agora arranhava sem fúria. Não lembrou do marido, não lembrou da filha, não lembrou nem dela mesma. Era um acordo da vida, da história, o certo que nunca tinha tomado o lugar do errado, a certeza que encerrava qualquer sombra de dúvida. Toda dúvida tem sombra, toda certeza é um dia de sol sem vento. O que acontecia com ela agora era um rito de passagem, uma transfusão de sangue, um evento religioso. Nunca tinha ido a centro espírita nem mesa branca nem terreiro de fabulação africana, mas aquilo que dizem que existe e que se chama alma, estava sendo transportada pra uma ela mesma mais ela do que a anterior.

Terminaram e ficaram espichados na bagunça interna que sempre toma conta da gente quando alguma coisa é boa. O bom desarruma, foi o que ela concluiu, pensando no caminhão de mudança que ia passar na sua casa depois daquilo. Das caixas etiquetadas que ia ter que guardar no sótão. Das fotografias que seriam levadas pro fundo da lembrança pra não envenenarem a novidade. A tarde foi correndo num silêncio colorido invadido por palavras de repente, uma garrafa d'água, o cachorro desaparecido pra deixar o cenário perfeito. Falaram da infância e da juventude, dos sonhos que nunca vieram pro mundo dos vivos, das realizações que nunca foram planejadas, mas transformaram a vida pra melhor. Deu fome e pediram pizza, tomaram Coca-Cola, e parecia que a tarde era mentira, até que a igreja tocou os sinos das seis e ela levantou de um pulo.

"Eu tenho que ir pra casa."

"Fica." Ele pediu, botando a mão no coração, gesto cafona, mas que não cansa de impressionar. Ela riu como se aquilo fosse verdade e começou a se vestir. Ele também colocou a calça, mas manteve os pés vazios, porque estava em casa e queria continuar nu. Levou Laura na porta, importunando a pele dela com as mãos.

"Eu te ligo." Laura falou, como quem pretende limitar a intimidade. Edgar segurou o rosto dela com as duas mãos, olhou sem dizer nada, depois soltou. Deixou a mulher ir embora. Fechou a porta atrás do perfume. Eduardo, o cão que era pra ser cadela, agora sentado ao seu lado.

////

"Você se apaixonou?"
"Acho que sim."

"De uma hora pra outra?"
"De uma hora pra outra."
"Eu conheço?"
"Não."
Que pergunta mais cabe, depois disso? A conversa que aqui é só um fragmento, na vida real foi uma eternidade. Ele inquiriu, gritou, quis bater mas não bateu — afinal, apesar de *hooligan*, era um homem civilizado. Deixou a sala com o ódio ainda pendente, a impotência que desafia qualquer virilidade guardada no bolso. Bateu a porta e entrou no elevador vazio de amor. Entrou no carro e só pensou em dirigir. Quando viu, já estava na serra. Ir pra onde, se não pra casa? Mãe, pai e filha. Na cabeça, os pensamentos em redemoinho. Nunca tinha amado outra mulher, só Laura resolvia sua equação de cumplicidade. Pensou "Onde foi que eu errei? Quem ela pensa que é? Vou matar esse filho da puta!", mas nada disso aplacou o rasgo dentro do corpo, ferida que não cicatriza nem mesmo com outro amor. Esse era o Marcos. Um nativo de alma estrangeira, homem livre pra sentir o que quisesse. Sem raiz e sem orgulho. Chegou de madrugada, quase todas as luzes estavam apagadas. Encontrou a mãe lendo na sala. Ela estranhou ver o filho àquela hora. Não da noite. Da vida. Entendeu rápido, porque isso é função das mulheres. Não disse nada, porque dizer não resolve. Esperou o homem sentar. O monte de músculos cobrindo os ossos frágeis derramados na poltrona. "Quer?" Estendeu o copo de uísque que o filho pegou sem responder. Ela voltou o rosto pro livro, sabendo que a dor precisa de

privacidade. Ficaram só com o barulho dos grilos e das folhas, a natureza lembrando que os minutos passam, independentes da nossa vontade. Ele foi sorvendo a bebida devagar, num compasso diferente da música que tocava lá dentro.

"Eu nunca achei que isso pudesse acontecer." Ele disse sem olhar pra Maureen.

"Aconteceu, mas passa." Foi o que ela respondeu.

"Eu não quero que passe."

"Mesmo assim."

"Vou dormir."

Ele levantou e beijou a testa da mãe. Foi se afastando devagar, as pernas sem querer andar. A mulher viu o filho desaparecer na falta de luz do corredor e pensou que a vida é muito desagradável às vezes. Tentou voltar a ler, mas não conseguiu. Os anos passados percorreram a sua lembrança, o encontro com Fionn, o amor que sentiu e ainda sentia pelo marido, o nascimento dos meninos, a alegria imensa que nada recupera depois de parir, a casa construída, os filhos grandes, os sonhos criados. E agora isso, uma dor que ela era incapaz de inverter. A maternidade é o vício do invencível e do vulnerável. Encarou de volta a página cheia de palavras, com uma fresta de melancolia. Às vezes a vida pede vista grossa e alegria compulsória.

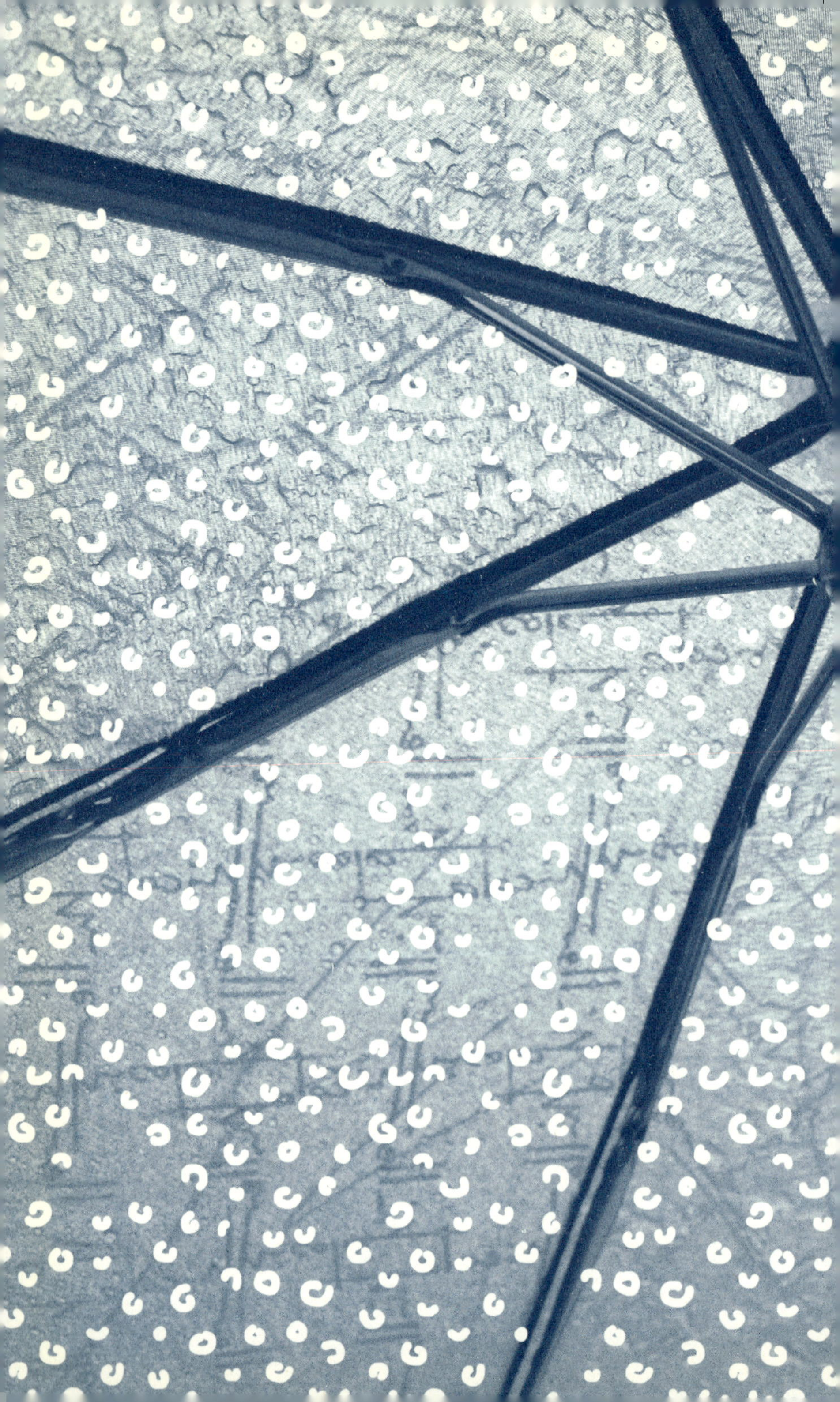

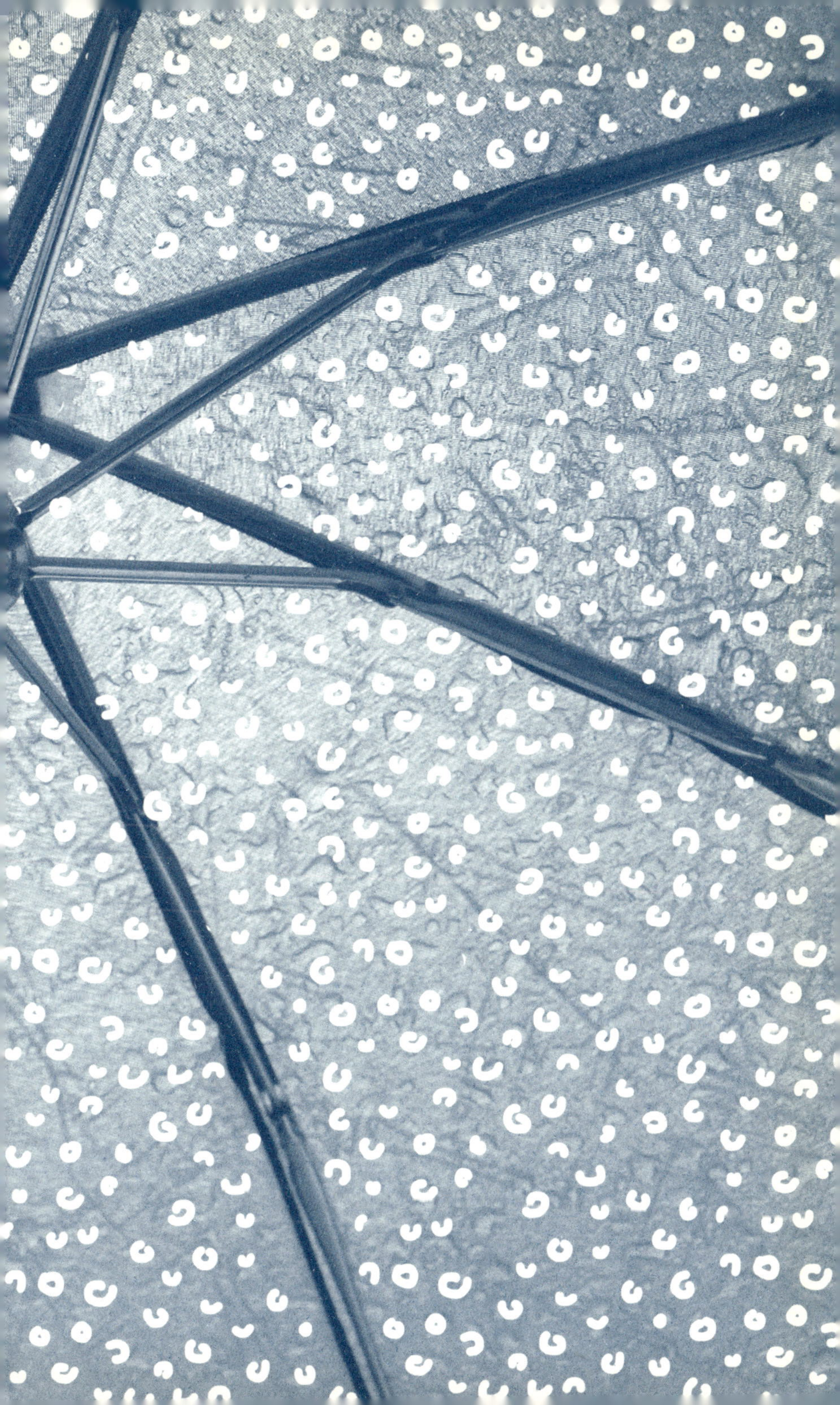

4

Eram cinco e quarenta e cinco da tarde quando Edgar se flagrou lavando uma pilha de pratos há quatro dias na pia. Era uma novidade essa de cuidar do que era seu. A empregada vinha duas vezes por semana, mas quando era vez do sábado e do domingo a vida juntava poeira até terça. Ele nunca cuidava de espanar nada até a Solange chegar. Solange trabalhava pra ele há muito tempo, já estava acostumada à bagunça existencial do patrão. Nem em linha ele colocava os copos usados. Os pratos, uns por cima dos outros, exibiam restos de comida, os garfos e as facas, crostas de uso, o brilho do aço inox arranhado. Parou diante da torneira aberta, pensando que a água encanada pelo menos descansa de vez em quando. O mar não para nunca. Mesmo ali, a duas quadras da praia, se fizesse um esforço conseguia escutar a intermitência das ondas, esse movimento sem descanso que faz da água salgada um bem absoluto.

Fechou a torneira e prestou atenção na louça exibida no escorredor. Um prodígio que a gente limpe a própria sobra no mundo civilizado. Pensou que aquilo era uma novidade, mas não deu muita importância ao espasmo de organização. Voltou pra sala e pro computador. O apartamento era grande, tinha quarto pra dormir, pra chorar, o da pequena, e mais um ainda, onde ele costumava escrever. Mas desde que o casamento começou a desandar só trabalhava na mesa de jantar. De certa forma, fazia mais sentido. Ali ele comia, dali ele via a praça, dali ele vigiava a porta. Foi por isso que mudou de escritório. Pra ver a cara da ex-mulher quando chegava tarde depois de alguma peça cabeça, ou mais tarde ainda, depois de beijar a boca de outro homem. Ele sabia quando era uma coisa ou outra. Quando ela vinha de um encontro furtivo, reclamava com mais altivez, como se o tamanho da indignação disfarçasse a punhalada. Quando voltava da sala vazia do teatro, a cabeça sempre vinha baixa, como se aceitasse o fracasso em casa e na rua. O alívio ela encontrou no amante, hoje marido. O homem que virou porto seguro, lugar de afirmação, da tranquilidade de não precisar de um sonho pra sentir a felicidade de viver.

Com Edgar, Helena desconhecia o sossego. Tanto pela natureza despregada dele quanto pela ausência de solidez. Ele era passional, queria dela o sexo que muitas mulheres reclamam não ter dos homens, mas isso, ao contrário do que parece, fazia com que se sentisse desamparada. Porque tem hora que a necessidade é só de um aperto de mão, tem dia que a vida pede aconchego e simplicidade, tem momentos em que o suor e o coração acelerado só lembram que viver é disparado demais. Hoje ele andava movido por alguma coisa diferente, andava movido pela ficção.

Eduardo latiu e ele lembrou que os bichos também amam. Pegou a coleira cor-de-rosa e assoviou. O cachorro foi atrás dele até a porta. E Edgar pensou que talvez fosse hora de comprar uma coleira de homem pro cão. Na rua, descobriu que a banca estava fechada. Marina estava indo embora. Era aniversário dela. Viu um homem esperando, quis perguntar, mas não teve coragem. Disse só parabéns, abraçou e deu beijo no rosto. Ela se despediu com o olhar pendurado de quem quer ler nas entrelinhas. Foi andando ao lado do cara, ele querendo chegar mais perto, ela discretamente fechando a porta. Edgar bebeu no bar da esquina, sem conversar com garçom nem com ninguém. Eduardo deitou quieto, já sabia que o passeio era mais do dono do que dele. Solidão acompanhada.

5

Laura andava de um lado pro outro na sala de casa. Queria falar com o marido, mas sabia que era puro hábito. Não tinha o que dizer por enquanto, já que não sabia que palavras usar. Queria os braços do outro, mas achava cafajeste. Queria uma vida que não existia e não sabia o que era. Tomou uísque, coisa que não fazia quase nunca, e botou música. Sem luz acesa nem movimento. Finalmente se aquietou no sofá, deixando a claridade da rua entrar na sua vida, deixando as lembranças colorirem o agora. Ouviu uma buzina ao longe, pneus cantando em algum lugar. Ela esperou o que viria depois sem levantar. Mais buzinas, vozerio. Alguém tinha batido o carro. Esperou mais um pouco e as sirenes logo chegaram. Ou polícia ou corpo de bombeiros. Seus olhos foram confiscados pela fotografia: ela, Júlia e Marcos, todos de sorriso na boca. Sentiu um aperto diferente, não era aquele de quem perde uma família porque se separa. Levantou de um pulo e foi até a janela, pendurou o corpo na ponta dos pés pra enxergar o que acontecia lá embaixo. Mas só viu as copas das árvores. E faróis acesos. Um alvoroço que não era calor nem frio, nem desejo nem angústia foi crescendo dentro dela. Empurrou seus passos pro quarto, abriu o armário e tirou algumas peças de roupa que jogou na cama. Depois pegou a mala da serra que ainda estava ali encostada, esvaziada da vida naquela casa. Fechou o zíper e apagou a luz. Não se olhou no espelho, porque a própria imagem podia ser impeditiva.

Atravessou o corredor correndo, até pensou em parar na porta do quarto da filha, mas nem isso. Quando passou pelo seu escritório, viu a luz de fantasma da tela do computador. Também não entrou. Pelo contrário, fechou a porta devagar, como se não quisesse acordar ninguém. O calhamaço do manuscrito recolheu da mesa de jantar. Chaves do carro não quis. As de casa ficaram na porta, que ela bateu sem olhar pra trás. No elevador, respirou acelerado. O que estava fazendo? A porta se abriu antes que ouvisse a resposta, e ela cruzou a portaria olhando pra frente, pra não ter chance de ver o porteiro. Pisou na calçada no meio da confusão da batida. Só então lembrou das buzinas, das sirenes, do vozerio. Atravessou a cena como se fosse um filme do qual não fazia parte.

Pediu um quarto num hostel cheio de jovens gringos. A casa era bonitinha e abrigava felicidade. Ninguém olhou pra ela, ninguém estranhou uma mulher de idade maior que a média procurando vaga com uma mala pequena na mão. Ela pegou a chave de um quarto só pra ela — aproveitando a baixa estação —, e foi tentar encontrar o que estava procurando e ainda não sabia. Largou a bolsa e a maleta em cima da cama e ouviu risadas no corredor, passos de gente mais nova, que são passos mais leves. Mesmo. A vida do jovem é brisa sem tormenta nem pingo de chuva. Mesmo na indecisão, a pouca idade é assertiva. Achava que tudo que tinha feito na vida tinha feito por vontade própria, mas ali se deu conta de que no fundo sempre tinha sido movida pela falta. Os pais, não tinha desde cedo. O irmão mais chegado materializou a ausência assim que pôde. Não era íntima de ninguém. Depois do Marcos, sua família era a dele. Mesmo a Júlia era sua filha porque era dele também. Não que não sentisse por ela um amor maior que o mundo, porque sentia, mas não achava que ela era sua — seu pedaço de fato.

Alguém bateu na porta do quarto e ela se assustou. Abriu e viu um casal bonitinho se afastando. "Desculpa, a gente bateu na porta errada", a menina disse em francês. Ela respondeu "Ok" e pensou que a porta errada era ela. Parou no meio do quarto e deixou o zumbido de dentro vir pra fora. Depois de um tempo escutando o vazio, desatou a rir. Riu e pegou a bolsa. A chave com o número do quarto escrito com algarismos coloridos parecia a senha pra uma outra vida, um código Morse de salvação. Bateu a porta e voltou pelo corredor se sentindo tão estrangeira quanto os outros hóspedes. Era isso. Ela era hóspede da

Laura, e ainda não tinha intimidade com a casa. E como hóspede tem licença pra entrar na cozinha achando que é banheiro, saiu daquele hotel com cara de residência e ganhou a rua com a propriedade de quem não sabe por onde anda. Os pés ganharam velocidade, o cabelo ganhou o vento, o rosto perdeu a ruga. Cafona, quase cantou.

"Que bom que você veio." Ele abriu a porta sem abismo.

Ela o beijou de uma vez, como se aquilo fosse uma festa e ela finalmente estivesse dançando com o garoto da quarta série, paixão desde o pré-primário. Ele não se espantou nem um pouco, também queria aquilo tudo. Queria o beijo, queria o corpo, queria a alma dela. E ela deu. Entregou sem perguntar nada, sem lembrar que amanhã é outro dia, sem querer saber, sem querer saber, sem querer saber.

Porque saber ela não podia.

//*o*/*

A parte mais difícil pra ela foi a Júlia. Explicar pra filha — que nunca tinha visto a mãe e o pai em situação embaraçada — que a vida tem dessas coisas, que às vezes chove sem trovão nem raio, foi como dizer pra quem está com sede que não tem água pra beber. Não foi só a parte do "Por que, mamãe?", foi o lar desfeito, a ida do Marcos pra Petrópolis — ele disse que ia precisar de neblina pra enxergar o que tinha acontecido —, o pedido da menina pra ficar com o pai. A permissão dada. Egoísta, Laura queria o tempo só pra ela. Pra ficar com ele. Pediu licença no trabalho. Explicou a separação, disse que preferia ficar só naquele livro, sem precisar ir ao escritório. A mesa, as fotos, o telefone tão acostumado a atender chamadas do marido e da filha... tudo isso ia ser muito duro. A chefe boa-praça, cinquentona animada à beça, do tipo que vai pra Cancun, Los Cabos, Havaí, qualquer lugar de sol que permita vislumbrar torsos nus de homens bonitos bebendo algum drinque colorido com guarda-chuva de papel mergulhado, disse que tudo bem, entendia o que a amiga estava passando.

Laura sofria também pelos vikings que não veria mais, pela Catarina e pelo pão sem glúten. Se pensasse um pouco, aquilo não fazia o menor sentido. Não sabia quem era aquele outro homem, conhecia dele pouco mais que o corpo, que as mãos que pareciam escrever nela com tinta de parede. Mas era mais forte que a própria vida, mais intenso até do que o amor. Era uma necessidade de existir sob a respiração dele. De caminhar sem corrimão. Não quis voltar pro apartamento e explicou isso pro Marcos que, mesmo assim, preferiu aproveitar as férias da filha e ficar na serra. Pra ela também seria melhor.

Laura fez um acordo com o hostel de Ipanema. Queria continuar turista de si mesma, foi o que disse pro Edgar, que respondeu que era mais ou menos assim que vivia desde sempre. Quando não estava com Edgar, estava com Edgar. Mergulhada nas palavras dele, corrigindo, assinalando, riscando e sugerindo outras. Ficava deitada na cama, o cabelo enrolado num coque preso de lápis, o manuscrito espalhado em cima dos lençóis.

Saía sem nada da personalidade antiga. Sentava pra almoçar acompanhada de uma taça de vinho, tomava café em botequim, caminhava pela praia aproveitando o inverno de dias cinzentos. Quase sempre jantavam juntos. Muitas noites passava na casa dele, mas ia embora antes que acordasse pra não viver a sensação do casamento. Ver alguém abrir os olhos todo dia de manhã era coisa da vida prática. E ela queria sair sem ser vista, tomar café pela rua, voltar pro edredom da casa de gringos e esperar pelo telefonema dele "Cadê você?". Ele dizia que queria ver a cara dela antes de tudo, ela respondia que era melhor assim, ter saudade logo cedo. E também gostava dos seus tempos em branco. Em branco mesmo, porque com o passar dos dias, ficava cada vez mais sem fazer nada. Nem mesmo no manuscrito tocava. Até porque o livro agora se escrevia sozinho perto do fim. Edgar tinha encontrado o fato da sua história. O que ele tinha de melhor nos guias de viagem agora estava emprestado à ficção. *Sua protagonista tinha cheiro de cachorro-quente em Nova Iorque.*

Laura foi eternizando seu fantasma, esquecendo o asseio, o banho tomado. Não que não tomasse banho, também não era assim, mas nada da vida do dia a dia interessava. Gostava mesmo era de estar com ele. Bebia mais, se importava menos. Falava com a filha como se fosse um rio distante. O amor apertava dentro do peito, mas do lado de fora era como se o sangue tivesse estancado.

Encontrou Marcos num restaurante, zona neutra, pra acertar os detalhes do fim. Ele estava triste, mas ela não se importava. Falaram de coisas práticas, papéis, assinaturas, imóveis. Laura não se opunha a nada, queria tudo do jeito mais simples. Ele era bom, ela sabia disso, nem a mágoa faria com que se comportasse mal. O marido foi embora e ela pensou que era pra sempre — aquele homem não cabia mais nas bolsas que carregava debaixo dos olhos.

Depois foi pra casa do Edgar e deitou no sofá com Eduardo enquanto o homem que agora amava cozinhava. Reparou nas paredes pintadas. Todas brancas, alvas, os pregos abandonados de antes substituídos pela tinta que cobriu o passado. Percebeu as caixas de som onde descansava um celular. Levantou de repente e olhou em volta. A casa estava viva. Foi até a cozinha. Cheiro de alho e de homem. Viu que a geladeira era outra. Viu que os bilhetes e os desenhos amarelados de criança não estavam mais presos na porta com ímãs velhos. Viu que a panela no fogão era nova. Viu que até a coleira do Eduardo não era mais cor-de-rosa.

"Quando você trocou a geladeira?"

Ele virou, surpreso, não tinha percebido a presença dela no chão de ladrilho hidráulico.

"Chegou ontem."

"Ah."

"Prova." Ele estendeu a colher de pau sem marca de uso, nova. Ela lambeu o molho.

"Pode botar um pouco mais de sal."

Ele botou. E pegou o macarrão escorrido dentro da pia pra jogar na panela. "Abre um vinho pra gente?"

Ela pegou o saca-rolhas e foi pra sala. Abriu a garrafa que já estava em cima da mesa de jantar. A mesa de jantar. Dois lugares postos, copos de água e taças de vinho, talheres. Até guardanapo tinha. Quando tudo isso tinha acontecido sem que ela visse? Quando aquele cenário de fim de guerra tinha virado uma casa? Porque tinha virado uma casa. Sem ela. Tinha virado a casa dele. Ela colocou vinho nas taças — uma uva que ela não tinha ajudado a escolher. Quando ia pensar que alguma coisa andava errada, ele beijou seu pescoço.

"Vamos comer?" Ele perguntou com a naturalidade de um casamento. Ela disse "Vamos" e ele voltou na cozinha e veio trazendo o macarrão na travessa.

"Ih, esqueci o queijo ralado."

Era tudo tão trivial que assustava. Laura foi buscar o complemento voltou pra mesa. Ele serviu o prato dela, depois o dele, ergueu a taça e disse que estava feliz. Falou que estava escrevendo o fim do livro, que queria mudar dali, que se não fosse ela nada disso teria acontecido. Ela ficou sem saber se era bom ou ruim. Viu quando ele enfiou o garfo de macarrão na boca, o molho respingando no queixo, ele limpando com o indicador, e pensou que nunca na vida tinha sentido tanto amor.

"Marquei de ver um apartamento, amanhã."

Ela não respondeu, porque não soube se aquilo dizia respeito a ela.

"Dorme aqui. A gente acorda e vai."

Ela respirou fundo. Dizia.

"Tá bom." Ela respondeu e provou a comida. "Tá bom."

"Tá bom dormir aqui ou tá bom o macarrão?"

"Os dois." Ela riu. E ele largou o prato, deu um gole no vinho e beijou Laura com a língua roxa de *pinot noir*. Foi um beijo bom, desses que começam devagar e ganham força com a intimidade. Se pegaram ali na cadeira da mesa de jantar. Ele escorregando pro chão, ela parada sem saber se era de bom tom beber enquanto a boca dele marcava as suas coxas. Bebeu. Ele também. Levantou a cabeça, tomou mais um gole e voltou pra ela. Foi um sexo satisfeito, do tipo que enche corpo e coração. Quando acabou, os dois ainda estavam na cadeira da mesa de jantar. Ele olhou pra ela com o que parecia mais que prazer, era gratidão. Ela abraçou Edgar, e os dois ficaram um tempo assim, sentindo calor, desejo, sossego e ventania. Eles eram um.

/ / • /

O apartamento era ótimo. Espaçoso, claro, ventilado. Tinha até sótão. Era um último andar sem terraço na Joana Angélica. Dava pra ver a praça. E o letreiro da Casa e Vídeo. Antigamente, daria pra saber o filme que passava no Star Ipanema. Hoje, nem as promoções de bicicleta ergométrica da loja de departamentos. O quarto de casal era duplo, tinha um escritório anexado e um closet espetacular. Foi ali que Laura começou a sentir estranheza. Uma espécie de tonteira, de cabeça leve misturada com zumbido no ouvido. Parou diante da janela e ficou olhando o letreiro da Casa e Vídeo. Gotas de suor decoraram sua testa. Edgar perguntou se estava tudo bem. Ela respondeu que sim, porque, na verdade, não sabia exatamente se estava passando mal ou se era só calor. Eles seguiram vendo os cômodos, guiados pela voz insuportável do corretor — o curso de corretagem, aquele que dá o "brevê", deve incluir apostilas de como afastar um comprador potencial. É incrível que se compre e venda apartamentos no Rio de Janeiro com a mediação dessa gente que quase sempre mente na metragem, na vizinhança, no preço e nas vantagens.

Passaram por um quarto infantil, decorado com papel de parede de céu. Laura estancou. Não queria entrar ali. Quando viu o urso de pelúcia jogado num canto, encostado na parede, teve ânsia de vômito — o corretor não soube destacar a vantagem disso na vida de um morador. Laura não perdeu a compostura, disse que o quarto lembrava a filha, que estava longe. Era isso. Prosseguiram. E foi quando deram de cara com a escada que levava ao sótão, coberta de carpete velho e vermelho, que ela parou e sentou. Falou pro Edgar ver o resto, ia esperar ali. Ele perguntou "Tem certeza?", ela confirmou. O homem dos sonhos e o do pesadelo seguiram viagem. E ali, ela ficou sentada, pensando coisas estranhas. Coisas que não pareciam da sua cabeça. Nem da dele. Pensou numa família, não a dela, mas uma genérica. Num lar destruído, mas não o dela. Pensou na desfeita maior da vida: a morte. Suou frio, as mãos tremeram. Se viu sozinha no meio de uma estrada. Se acreditasse em vidas passadas, se acreditasse em neurose de êxito, se acreditasse em Alan Kardec, talvez estivesse salva. Mas não tinha apego às coisas que acontecem além da vida. Pensou em consultar um médico, mas imaginou que não tinha nada. Talvez a culpa fosse da falta de crença. Não acreditava em nada, não fazia análise, nunca tinha posto os pés num terreiro de macumba, mas a coisa mais sólida da sua vida tinha acabado de ir pro espaço e ela estava vendo um apartamento com um desconhecido que lhe dava a sensação de existir. Não entendia de onde vinha aquele turbilhão de sensações. Excesso de novidade no coração duro — apesar de meigo. Talvez fosse isso.

Edgar voltou depois de ver o que ela não tinha visto, disse que a vista era incrível, que aquele era um apartamento pra constituir sonho em vida real. Quis saber como ela estava, Laura respondeu que melhor, tinha sentido e pensado coisas como se fosse outra pessoa, mas agora já era ela de novo. Edgar estranhou a confissão, que não estava em nenhum dos planos que tinha pros dois. Ficou um tempo em silêncio, um V de dúvida despontando na testa, mas Laura cochichou no ouvido dele que nunca tinha se sentido tão viva, tão matéria, e ele gostou. Também nunca tinha se sentido tão vivo. Nem quando a filha — fruto do amor que ele imaginava o mais indissolúvel de todos — nasceu. Ela abraçou Edgar como se abraçasse a si mesma. O corretor, suado dos degraus da escada do sótão, ficou olhando aquele casal estranho, num momento tão íntimo como ele nunca tinha presenciado. Não soube o que dizer, o que fazer, se é que era o caso de fazer alguma coisa. Edgar e Laura deixaram o abraço, deram as mãos e olharam pro corretor.

"Podemos ir?" Foi a única coisa da cartilha que restou praquele homem sem sangue comercial nas veias.

"Podemos." Foi a resposta de Edgar, sem tirar os olhos da mulher que tinha feito da sua vida uma coisa possível.

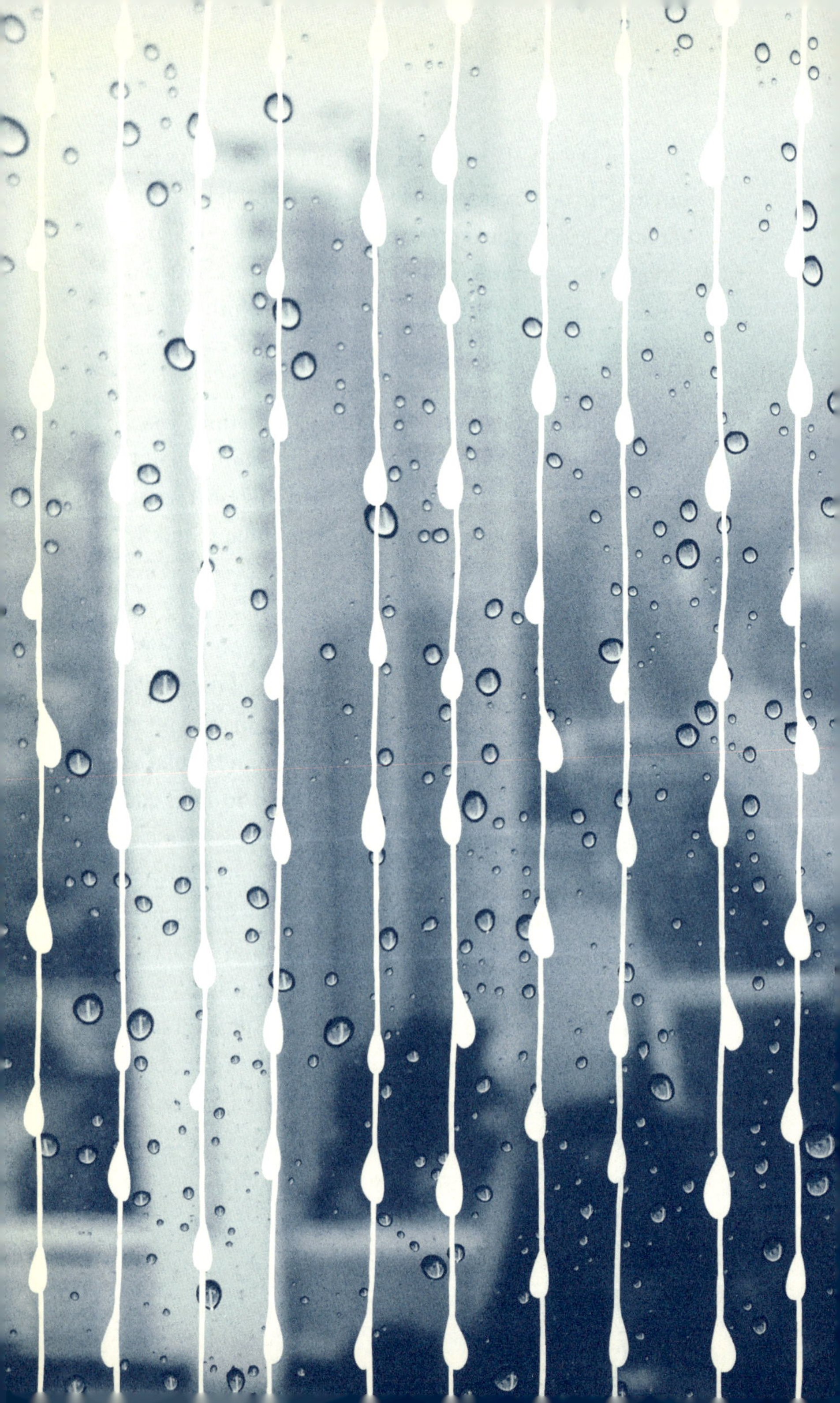

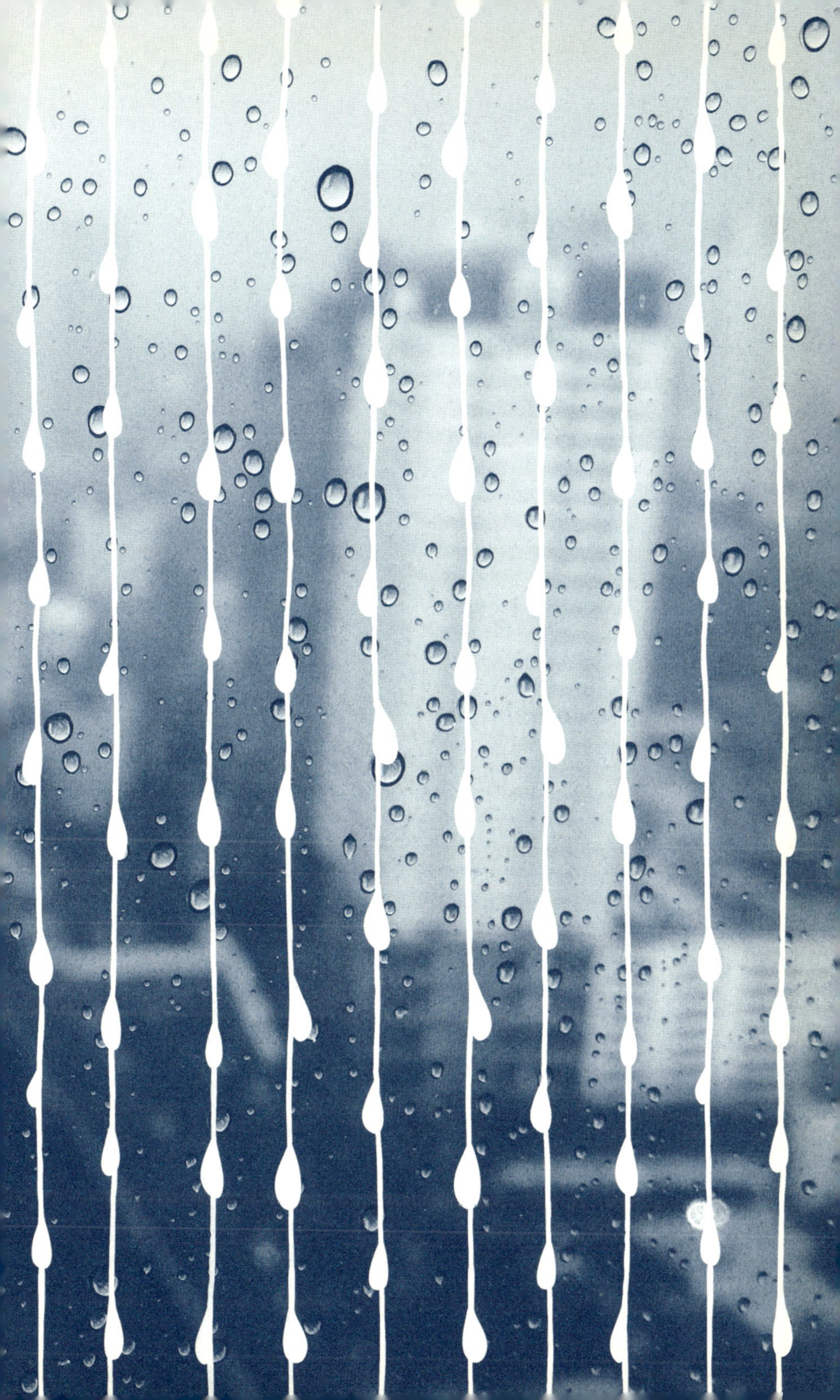

6

A *filha se equilibrou* pela primeira vez na bicicleta sem rodinhas, na pista fechada da praia de domingo. Sentado no meio fio, Eduardo do lado, Edgar sorriu. Ela não percebeu, seguiu ziguezagueando pelo asfalto, com medo, mas sem pudor. Edgar pensou que pela primeira vez não tinha vergonha da paternidade. Nem orgulho. Pela primeira vez achava normal ter uma filha, estar com ela debaixo do sol de um domingo qualquer, junto com toda aquela quantidade de gente em busca de distração. Estava leve. O peito, vazio. Ela veio na direção dele e saltou da bicicleta. Sentou ao lado do pai e pediu um picolé. Ele comprou três. O do Eduardo, de coco, o dele de limão, o dela de chocolate. Ficaram sentados em silêncio, cada um com seu doce no palito, olhando as pessoas, os cachorros, a areia lá do outro lado e o céu mais adiante. Quem passasse por eles veria uma família. Mesmo a falta da mãe agora importunava pouco. Não era só o fato de ter arrumado um amor novo. Era mais a calma de existir, mesmo. A ternura de não precisar fazer nada. O veneno suave da paz de espírito.

"Pai?"

"Oi."

"Posso te perguntar uma coisa difícil?"

"Pode."

"Quando o Pedro nascer, se eu gostar dele, você vai ficar com raiva de mim?" Ela perguntou devagar, como um adulto que sabe a dor que vai causar. Ele pensou rápido. Mas não tão rápido quanto deveria.

Helena ia ter um filho do outro. Bem que tinha achado a ex-mulher diferente, mais bochechuda, roupa larga, aquele ar vitorioso que toda mulher cisma de usar quando engravida. Mas não tinha comentado com ele. Ela achava o quê? Que ele ia ser violento? Violência ele só conhecia a das coisas não ditas.

"Vai?"

"Não."

Ela não ousou discutir aquele "não" nem buscar mais palavras no pai pra ter certeza. Se ele mudasse de ideia, ela não ia poder impedir. Os dois voltaram ao silêncio recortado pelos gritos esparsos, pelo barulho das rodas de skate, da caixa de som acoplada à bicicleta de um velho que ouvia Carmem Miranda. O sol foi se escondendo aos poucos atrás do céu, o domingo foi terminando com a melancolia de sempre, mas dessa vez, mesmo com o rebuliço da novidade, ele se achou uma rocha pronta pro vento, até pra erosão.

No caminho pra casa, ele arrastando a bicicleta, ela, o Eduardo, o celular tocou no bolso da calça jeans. Ele pegou o aparelho e viu o nome dela: Helena.

"Oi."

"Oi."

"A gente já tá chegando em casa. Você vem buscar ou quer que eu leve?"

"Eu posso passar aí, a gente tá saindo de um almoço."

"Ok. Eu espero vocês. Quer falar com ela?"

"Não precisa. Já, já a gente se vê. Beijo."

"Beijo."

Edgar desligou e continuou andando, a menina um pouco à frente, conversando com o Eduardo. De repente, a vida pareceu simples. Passaram pela banca da Marina, sempre fechada aos domingos, viram dois adolescentes encostados fumando cigarros, latinhas de cerveja na mão. Na porta do prédio, ele disse que Helena já estava vindo e perguntou se a filha queria subir ou esperar a mãe lá embaixo. Ela preferiu esperar. Se subisse, ia sofrer mais pra se despedir do cachorro. Ele contou que ia se mudar. Ela se surpreendeu. Contou que ela ia poder escolher as coisas do quarto novo. Ela se surpreendeu. Ele falou que ela também poderia escolher a cama nova do Eduardo. Ela abraçou o pai.

E foi nesse abraço que o carro chegou. O outro segurando o volante e a ex-mulher do lado. O homem embicou na calçada. Helena saltou. Ele também. A pequena já correu falando que o pai ia se mudar. O constrangimento durou pouco. Edgar se adiantou. Pela primeira vez na vida.

"A Júlia me contou. Parabéns." E como se não bastasse, Edgar estendeu a mão pro outro. Sem sorriso franco, porque a vida real é menos encaracolada.

"Obrigado." O outro agradeceu.

"Pra quando é?" Edgar perguntou e olhou pra barriga da ex-mulher. Achou quase pornográfico o próprio olhar, e se deu conta de que não queria mais aquele corpo. Ela era agora uma mulher qualquer, uma mulher grávida, uma mulher de outro homem, mãe de um filho que não era dele.

"Maio."

Num gesto brusco, abraçou a ex-mulher. E disse no ouvido dela: "Desculpa." Ela achou bonito e, pela primeira vez em muito tempo, lembrou por que já eles já tinham se amado. Os dois se encararam um pouco, era como se fossem amigos de muito tempo. E eram. Não fosse o amor pra embaralhar o próprio amor. Se despediram com simpatia. O outro estendeu a mão de volta, gesto de trégua e maturidade, a filha entregou o Eduardo, pulou no cangote do pai e lhe beijou o rosto. Reclamou dos pontinhos da barba sem fazer do fim de semana. Ele prometeu que da próxima vez estaria de cara limpa. Ela riu e disse tchau. Foi embora no banco de trás do carro do homem que não era seu pai. Edgar esperou eles sumirem na esquina, enfiou a mão livre no bolso, tirou uma bolinha e mostrou pro Eduardo, que latiu de gratidão. Deixou a bicicleta com o porteiro e atravessou a rua. Jogou a bola na praça e sujou o tênis de terra com o cachorro.

7

No quarto dela tudo era desordem. Em cima da cama, a mala pequena. Vazia. No chão, sentada entre a porta do banheiro e a cômoda, Laura falava ao celular. A voz, um fiapo de memória. A conversa era com a filha. Não era bem uma conversa, já que ninguém falava muito. Sentia saudades da Júlia, mas nenhum desejo de ver a menina. Sofria das duas coisas. Queria resgatar um pedaço dela mesma, que não sabia onde tinha largado. Ao mesmo tempo, queria desligar logo, tinha que arrumar a mala. Ia com Edgar pra algum lugar. Ele não tinha dito onde, mas era uma comemoração. O livro tinha acabado. Laura não sabia por quê, mas o fim do romance era assustador, como se encerrasse mais que uma história de amor. Era maluquice da sua cabeça, ela sabia, não estava mais acostumada com a parte selvagem da vida. Eram muitos anos de casa própria.

Desligou e se apressou. Puxou roupas de cabides e jogou na mala. Lembrou de quando tinha feito a mesma coisa pra ir embora da vida antiga. Deixou pra lá e fechou o zíper sem saber o que levava na bagagem. Se olhou no espelho, reparou que andava de olheiras, mas não disfarçou com maquiagem. Ela era assim agora, e mesmo lembrando da felicidade de presente embrulhado que tinha antes, gostava mais de quem era hoje. Pelo menos, achava que gostava, mesmo com a ameaça iminente, que não ia embora e não tinha motivo. O celular vibrou de mensagem. Era ele dizendo que já estava no carro. Laura fechou a janela, carregou as coisas e abriu a porta, aquela sensação tão comum de ter esquecido alguma coisa, mas olhou em volta e não identificou o que faltasse. Lembrou do livro A *Casa dos Espíritos* e foi embora.

/ • //

Na estrada, Edgar disse que se sentia num comercial de cigarro do tempo em que ainda era possível se matar sem vigilância sanitária. Ela perguntou pra onde estavam indo, ele respondeu "Segredo". Ela sentiu uma pontada no peito. Lembrou dos *hooligans*, mas não comentou. Aquela dor era sua, e mesmo que quisesse dividir a intimidade, não quis trazer a família celta pra dentro do carro. De repente, ouviu pneus cantando, uma buzina disparada, o coração acelerou. Mas não viu nada no caminho, ainda olhou pra trás, mas lá também não acontecia nada. Pensou na Júlia, no riso da Júlia que ela não ouvia há tanto tempo.

Ele aumentou o som e os trompetes esconderam os trovões do seu coração. O céu era azul, a mata era verde, o asfalto, escuro, quase marinho. Ele colocou a mão na perna dela, um gesto íntimo, de quem tem o corpo do outro. E ela sentiu um alívio enorme, era tudo de verdade.

"Quando eu era pequeno, tinha um medo horrível de subir a serra. Fechava o olho no banco de trás e ficava perguntando 'já chegou?'. A minha filha também é assim."

"Eu quero conhecer a sua filha."

"Eu também." Ele respondeu e riu. Porque a verdade é que os filhos a gente conhece ao longo da vida, nunca de chegada. Como todo mundo.

////

Era um chalé. Madeira, vidro, mato, era uma vez. Hortênsias por todo lado. Mantas quadriculadas, lareira pra madeira de verdade, tapetes de vaca. Laura imaginou que já conhecia aquele lugar. Mas sabia que isso era impossível. Deixou pra lá. Estava ali com ele. Largaram as malas, trocaram beijos de puro instinto, ela quis ir pro quarto, mas ele preferiu ir lá pra fora. Pegou duas mantas xadrez dobradas em cima do sofá, uma garrafa de vinho na sacola de compras. "Vem." Ela foi. No jardim dos fundos da casa tinha um gramado. Depois do gramado uma escarpa. Era bonito, triste, aterrador. Mas o céu parecia um teto de tão perto. Ele ajeitou os cobertores na beira do abismo. Do bolso, tirou um canivete suíço — coisa antiga, tão em moda anos e anos antes. Abriu o vinho, deu um gole e ofereceu. Ela bebeu, depois beijou a boca dele. Foi um beijo com gosto de fim. Talvez uma celebração ao que seria enterrado depois dali. Naquela casa, sem testemunha de carne e osso, talvez deixassem debaixo da terra o tempo vivido sem o outro. Porque pra Laura era já impossível imaginar os dias sem ele. Pensava agora que tudo antes não existia. Como se ele tivesse, mesmo, materializado a sua existência.

Viram a tarde ir embora ali, enroscados na lã e nos corpos. Ele fez declarações, disse que ela tinha regenerado o coração dele. Era um anjo. "O meu anjo." Ele disse. Ela esqueceu a dor, a imperfeição, o cabelo despenteado, as manchas escuras embaixo dos olhos, a boca seca, os anos perdidos e os que perderia ainda. Nem sempre o doce é só doce. Sem sal, o açúcar machuca. Deitou no colo dele e encarou o fim do sol. Ele ficou em silêncio até a noite cobrir tudo da falta de estrelas, depois disse:

"E vivemos felizes pra sempre."

8

Ela acordou com o sol na janela. Pássaros não ouviu, mas viu um coelho correndo do lado de fora e achou que estava dormindo. Olhou pro lado e não viu Edgar. Olhou em volta e achou tudo muito arrumado. Onde estão as malas, as roupas espalhadas, as meias, as chaves, a carteira, essas coisas que a gente larga por aí quando chega ao nosso destino? Será que ele tinha arrumado tudo? Percebeu que estava com a roupa de ontem. Tentou recordar, mas a última lembrança era mesmo a dos dois na beira do abismo, tomando vinho debaixo da coberta xadrez.

Levantou. Saiu do quarto. Na sala, a ordem era a mesma. Casa de boneca. Madeira e vidro. Vestígio nenhum do homem que devia estar do seu lado. Chamou. Nada. Chamou de novo. Silêncio total, a não ser pelos sussurros da natureza lá fora. Olhou tudo e não viu nada. Nem homem nem mala nem comida nem o vinho de ontem. Só o manuscrito inteiro e intocado em cima da mesa. Folheou a papelada. Preto no branco, só o título na folha de rosto e o FIM na última página. No mais, só folhas vazias. O coração perdeu a noção de cadência. Correu até a cozinha, voltou ofegando até o quarto, abriu a porta da sala. Deu de cara com o gramado e com a escarpa. Tudo limpo e imaculado do lado de fora. Pensamentos desordenados, chegou a achar que estava drogada. Acelerou mais o passo até o portão. Nem carro nem pegadas. Como se ninguém jamais tivesse posto os pés ali. Gritou o nome dele, gritou sem parar, como se a repetição tivesse algum efeito. Voltou em pânico pra dentro de casa, procurou sua bolsa e não encontrou. Será que ele tinha ido embora? Deixado ela ali sozinha? No meio do nada? Claro que não! Tinha ido comprar alguma coisa, a bolsa levou sabe-se lá por quê. Resolveu voltar pra cama e esperar. Dormiu. Três horas depois acordou de novo. O silêncio dentro de casa era o mesmo. Olhou o relógio de pulso. Duas e vinte. Percorreu a casa num pulo, só pra ter certeza. Nada. Nada de nada. Nem carro nem compras. O céu tinha nublado. Devia procurar algum vizinho? Pelo que se lembrava da noite anterior, não havia casa alguma por perto. E se tivesse acontecido alguma coisa? Como saberia?

    Saiu pelo portão e seguiu na direção da lembrança. Caminhou por uma estrada de terra. Viu as nuvens apertando o cerco do chão no horizonte, viu as folhas avisarem ao restante da paisagem que ia chover. Mas ela não ia parar. Não tinha onde parar. Foi chutando as pedras pra disfarçar a incerteza. Foi olhando as coisas pra não perder a lucidez. Andou talvez uma hora e meia, até que, finalmente, viu a neblina do asfalto lá longe. Apressou o passo. Pensou que aquilo tudo era uma loucura. Que quando observava a vida através da janela do seu apartamento em frente à praça, a crueza era outra. Lembrou da filha e teve vontade de chorar. Chorou. Porque sozinha do jeito que estava se alguém visse ia ser até bom. Chegou à beira da estrada já com a escuridão no peito. No céu também. Pensou se ia pra direita ou pra esquerda, olhou pros dois lados e decidiu. Foi caminhando pelo acostamento, sem ouvir ronco de motor nem buzina, sem vislumbrar farol, sem sinal de gente na Terra. A chuva começou a pingar. Fraquinha primeiro, aquela poeira molhada que demora pra encharcar. O corpo já amortecido pela estranheza, seguiu viagem como se tivesse sido sempre assim. Deserto. A água apertou, os passos também. De repente, deixou pra lá e voltou a caminhar devagar. Lembrou que gostava da chuva, da sensação da água fria no corpo quente. De se molhar devagar, aos pouquinhos. Não se protegeu mais, nem da tempestade nem do isolamento.

Sentiu um calor no pescoço. Virou pra trás e viu dois fachos de luz amarelada vindo na sua direção. Um carro, finalmente! Será que era ele? Parou e ficou esperando. Mas o que veio não era um carro, nem ele. Era um caminhão vermelho, que foi diminuindo a velocidade ao se aproximar dela. O caminhão parou no acostamento. Saltou dele uma

senhora. Faixa de Gaza da idade, camisa de flanela xadrez, lenço vermelho no pescoço, o cabelo branco e curto, uma pinta bem acima do lábio superior à direita. Teve a sensação de que já tinha visto aquele rosto, mas não soube dizer se num filme ou na vida real. A mulher nem franziu a testa pra aparar os pingos grossos que agora caíam com violência.
"Tudo bem?" Ela perguntou.
Laura não soube responder. A mulher estendeu a mão.
"Helga."
"Laura."
"Quer carona?"
"Não sei. Talvez."
Viu a cabine fechada, os bancos de couro, pensou no rádio ligado, no aquecedor, olhou pros próprios pés e achou que queria, sim, uma carona. De carro chegaria mais rápido em qualquer lugar de onde pudesse telefonar pra ele.
"A senhora poderia me emprestar seu celular?"
"Não tenho, meu anjo."
Edgar tinha usado "meu anjo" pra falar dela. Helga insistiu que, pra onde quer que estivesse indo, chegaria mais rápido de carro. E abriu a porta do caminhão. As luzes acesas no painel fizeram Laura se lembrar de casa, dos abajures da sala, da lampadinha *made in China* que usava presa ao livro quando queria ler e Marcos estava dormindo. Subiu na boleia. Foi a memória do conforto — do cheiro de amaciante, do chinelo quente que não deixava o pé encostar no chão frio de noite — que fez com que se decidisse. Embarcou.
Na estrada, Laura aproveitou pra evaporar o frio no aquecedor do caminhão. Passava tanta coisa pela sua

cabeça, as últimas semanas, o desaparecimento dele, a ligação da filha. Do lado de fora estava escuro, do lado de dentro também. O clássico de todo nervosismo fez com que mexesse na maçaneta, passasse a mão no cabelo, respirasse acelerado.

"Eu preciso telefonar. Dá pra parar num posto que tenha orelhão?"

"Você não tá cansada?"

Laura pensou e percebeu que sim, estava muito cansada. Há tempos não se sentia tão descolada da vida.

/ / / /

Na rua do Edgar, Laura saltou do caminhão na porta do prédio, a noite já cobrindo tudo. Agradeceu a carona, e Helga desejou boa sorte. Laura encarou aquela mulher estranhamente gentil e bateu a porta do caminhão. De fora, olhando o monstro vermelho no cenário da cidade, lembrou de um carro de bombeiros, mas não soube de onde.

Laura olhou pro prédio, olhou lá pra cima, pra janela do Edgar. Tinha luz. Ele estava em casa. Teve uma sensação estranha, de visita na vida de alguém íntimo. Como quando acaba um casamento longo: você sabe tudo daquela pessoa, mas ela não é mais sua cúmplice. É frio e quente ao mesmo tempo. Foi isso que ela sentiu.

A portaria estava aberta e ela entrou. Não viu o porteiro, devia estar na garagem. Foi até o elevador, apertou o botão e, quando viu sua imagem no espelho atrás da mesa da entrada, levou um susto. Parecia um fantasma. A roupa suja, o despenteio, as olheiras mais azuis que antes. Olhou até se acostumar. E subiu.

Tocou a campainha com pudor. Ouviu os latidos do Eduardo. Ouviu os passos arrastados do homem que agora era quase um inimigo. Lembrou dos pés descalços, da bainha esgarçada do jeans roçando o chão. Lembrou do todo dele e teve medo da porta aberta. Não tinha olho mágico, o que ela não sabia agora se era bom ou ruim. Se a surpresa de dar de cara com ela ia fazer o homem feliz. Já, já, saberia. Quis desistir. Chegou a virar de costas e abrir a porta do elevador.

"Laura?"

Ela girou devagar, como se pega em flagrante. Quando viu o rosto dele, os olhos esbugalhados, quase de medo, não soube o que dizer. Não precisou. Ele, a cara óbvia de quem viu e não gostou, bateu a porta. Ela não tocou de novo, não gritou nem socou a madeira. Sentou. No meio do hall, no chão gelado, sem parede de escora, sem pensamento razoável. Arfou, repassando as últimas vinte e quatro horas. Quarenta e oito, setenta e duas. Tinham visto um apartamento, ele disse que a amava, viajaram pra comemorar o fim da história. Era isso? Ele tinha planejado uma despedida sem aviso prévio? Aviso breve. Sem nota de rodapé. O turbilhão virou redemoinho e ela pensou que aquilo não fazia sentido, não era justo nem tinha cabimento. Tocou de novo.

Dessa vez, ele abriu devagar. Como num filme de terror, quando a mocinha já abriu a porta três vezes e não tinha ninguém do outro lado, só que da última tinha o cara da máscara de ferro, da lança pontuda, da tesoura de mil pontas, da falta de sanidade comprovada.

Ela entrou sem permissão. Ele assistiu. Viu quando ela passou pelo cachorro, que não se mexeu, viu quando ela encarou o manuscrito acabado em cima da mesa.

"Acabei não lendo o fim."

Ele não respondeu. Ela olhou em volta, percebeu as caixas de papelão. Ele estava de mudança. Edgar pegou uma das garrafas enfileiradas em cima da mesa, um copo usado no aparador, e serviu uma dose cavalar — como um remédio. Virou um tanto de uma vez só. Achava que estava ficando louco. Aquilo não podia estar acontecendo. Como ela tinha ido parar ali? Ela tinha ficado lá, sem volta, dormindo. Sentou e enfiou a cabeça nas mãos. Não teve coragem de levantar os olhos. Não queria correr o risco de ver que ela ainda estava ali, no meio da sala. Pensou "Eu devo estar dormindo". Nunca soube de uma coisa assim na vida real. A presença dela era mais que um elefante branco, mais terrível que o fantasma da Helena, porque mais convincente. O turbilhão no peito do dono e o cachorro, fora de combate, dormindo de língua pendurada, como se Edgar estivesse vendo um filme água com açúcar. Laura chegou a pensar que tinha morrido. Por isso o ar de fantasma quando se viu no espelho da portaria.

"Eu morri?"

"Você não existe." Ele finalmente ergueu a cabeça. Não podia ficar ali parado, presa da própria imaginação. Se ela estava ali, na sua frente, melhor gritar bem alto pra ver se desistia e se a vida voltava ao normal. Seguiu gritando, desesperado, um certo desprezo pelas próprias palavras. Lembrou dos monólogos ruins da ex-mulher. Do ridículo de qualquer diálogo encenado. Da farsa grotesca que achava o teatro. Ouvia a própria voz e se achava ridículo falando sozinho.

"Você é a mulher que eu inventei pra me livrar da Helena."

"A sua ex-mulher?"

Sabe-se lá como ela respondeu. Vai ver ele tinha mesmo ficado louco.

"É. A minha ex-mulher. Que casou com outro cara."

"O Marcos." Ela agora ia emendando o pensamento dele, como num jogral de peça de escola.

"Que levou a minha filha embora."

"A Júlia."

"A Júlia..." Ele respirou fundo. De repente, começou a chorar pelo corpo todo. Uma dor aguda que ele nunca tinha deixado o peito sentir. O livro tinha sido seu confessionário sem penitência, a fuga sem vestígio, o crime perfeito. Mas agora que alucinava a presença daquela mulher que não existiria se não existissem as suas palavras, ficou confuso. Pensou que a ficção é mais pesada que a realidade. Que a corrente que o personagem arrasta é mais barulhenta que a do fantasma comum. Que a dor de responder pelo crime à vítima é pior que julgamento de filme americano.

Ela soluçou alto. Nada era dela. Nem ele nem o outro nem a filha. Nem mesmo aquele soluço. Talvez até o choro fosse frase de um parágrafo qualquer. Ela não existia. E se continuava ali, ouvindo aquilo tudo, vendo o horror no rosto do homem que ela amava tanto, o homem que tinha criado o que ela era, é porque a vida real não tem resposta pra tudo. Talvez fosse sonho.

Ficaram os dois chorando, de costas um pro outro, a dor de cada um maior que o mundo.

A dele, de alívio, de rio seco em dia de chuva.

A dela, da desesperança do rio. Depois da chuva.

/ / / •

Saiu do prédio e só então percebeu que ninguém olhava pra ela. Cometeu o sacrilégio de esbarrar num transeunte pra ter certeza. E teve. Ele seguiu andando como se nada, igualzinho ao que acontece nos filmes quando o fantasma é trespassado pela pessoa de carne e osso. A rua parecia coberta de bruma, o asfalto pintado com pilot. Mas a chuva era de verdade.

Na esquina, o caminhão daquela mulher estranha, daquela senhora com jeito de fantasia, piscou o farol duas vezes. Laura entrou e sentou no banco do carona.

9

Laura, o desespero maior do que se ela fosse de verdade, não conseguia acreditar que não existia. Sua história não podia ter acabado. Continuava sentindo coisas, a pele em brasa, carne viva.

"Calma, é assim mesmo. Parece o fim do mundo, mas é só um hiato." Helga, na calma de quem já passou pela mesma coisa e na calma que a idade dá, explicou, sem tentar desinquietar a mulher ao seu lado. Não disse que ia passar, não disse chora que faz bem. Só concordou e deixou a dor que parecia real sair inteira, até que em algum momento se desmilinguisse na ficção. Explicou que os personagens têm vida infinita, de verdade, são independentes da fé humana. Mesmo depois que o autor bota o ponto final e vai pensar em outra coisa, alguém sempre abre o livro pela primeira vez. E aquilo que parecia morto sai andando e falando de novo. O problema era o limbo entre um leitor e outro. Era aí que ela entrava.

Helga tinha uma história incrível pra chamar de sua. Sentia falta das suas páginas, que foram muitas — uma série de doze livros —, contadas desde que tinha sete anos até se casar com Otto. Nunca soube o que fez a escritora e dona da sua vida irreal desistir de tudo. Um dia, acordou na página duzentos e setenta e cinco do décimo segundo volume dos seus dias e viu labaredas cor de laranja comendo as paredes do seu quarto. Otto, ao seu lado, dormia sem saber de nada. Ela achou melhor deixar assim, bastava um presenciando a própria morte. Encostou no corpo dele, segurou-lhe a mão, e fechou novamente os olhos. Não sabe quanto tempo se passou até acordar no meio de um nada avassalador. Como Laura, pensou "Não acabou, eu sei que não acabou." Mais duro que tudo foi encontrar o marido como um zumbi, andando em círculos, sem ideia do que estava acontecendo. Respirou fundo o ar de lugar nenhum e resolveu que, pra ela, não ia acabar nunca. E que, como ela, muita gente de história terminada devia estar perdida por aí. Achou que não era justo. Ser personagem é privilégio de poucos, não fazia sentido deixar de existir por capricho de um canalha qualquer que cansou de contar uma história.

Viu um caminhão perdido e resolveu fazer da sua não existência um campo de resgate. Dar vida a quem não tem mais nada. Claro que não ia ser fácil, mas nada é mais difícil que desapegar da vida depois da morte.

Agarrou Otto como quem pega o touro à unha, sacudiu o homem e disse que ele tinha que fazer aquele caminhão funcionar. Apontou pro resto de lata, e o homem, quando viu aquilo, achou que estava num livro novo, mas não questionou. Foi fazer o que mandava a mulher. Só aos poucos, depois de colocarem o pé na estrada, é que foi entendendo a missão inventada pela louca da Helga. Primeiro achou sem sentido, depois achou nobre. Resgatar as pobres almas penadas que não sabiam o que fazer depois da palavra escrita parecia não só um ato de bondade como também de justiça.

"Não. Vocês se enganaram. Eu sou real. Pega aqui. Carne e osso, tá vendo?" Laura protestou.

Helga estendeu o próprio braço, pra que Laura beliscasse como queria que a velha fizesse com ela.

"E o homem que me deixou?"

"O escritor? O mundo dele é de concreto. O nosso, o da 'insustentável leveza do ser', como já disse Milan Kundera', das 'coisas entre o céu e a terra', entre a realidade e a ficção."

Laura achou isso desonesto, mas mesmo assim sentiu uma vontade enorme de beijar o Edgar. Não tinha dado tempo de esgotar. Parecia que Helga lia seus pensamentos, já que imediatamente a velhota explicou que o que Laura sentia era natural, porque Edgar era o criador e ela, a criatura. É clichê e até cafona dizer esse tipo de coisa, mas é verdade. A relação entre o autor e o personagem pode parecer mais real do que a verdade de carne e osso.

"'Morrer... dormir... mais nada... Imaginar que um sono põe remate aos sofrimentos do coração e aos golpes infinitos que constituem a natural herança da carne, é solução para almejar-se. Morrer... dormir... dormir... Talvez sonhar...'" Laura recitou Shakespeare, de cor e salteado.

"Ser ou não ser. Sempre e pra sempre."

"E agora?" A pergunta imediata, a curiosidade mórbida e natural de todo mundo que "morre".

"Agora você escreve o resto da sua história, meu anjo. Afinal, quem sabe o tanto de vida real que existe na ficção e quanto de fantasia as pessoas transbordam por aí?"

10

Edgar folheou A Montanha Mágica, o livro que não coube na caixa. Pensou que um livro é sempre bom e ruim. É o êxtase de viver o que não é seu e a angústia de saber que vai acabar, de saber que os intervalos são vida real, que o seu café da manhã é só mesmo o pão com queijo que você ou alguém comprou na padaria, no supermercado. O do livro não mata a fome, dá sede. De uma vida outra.

Pensou em quem leria o seu livro. A mulher da porta da Casa e Vídeo? Ela, que tinha sido o começo de tudo, de quem ele não sabia nome nem endereço? A mulher da echarpe no chão, dos olhos molhados de silêncio, da boca em vinco no meio do rosto. Será que alguma coisa da mulher de fato tinha ido parar nas suas páginas? Será que um dia ela ficaria sabendo que se hoje ele tinha vida de novo era por causa dela? Teve tanta vontade de saber se ela imaginava a existência dele. Tanta gente que se vê na rua todo dia, tantos rostos que guardam vida, morte, riso e lágrima; a via crucis comum a todo ser humano. E ela, aquela mulher que encheu a sua cama, que criou um atalho de saída, quem era ela fora da sua ficção?

O apartamento todo empacotado, o cachorro sem saber onde deitar, ele mesmo sem saber como dormir, Edgar sentiu nostalgia do próprio livro. Pensou naquele povo da Irlanda, aquela família que tinha gostado tanto de inventar. Até o chato do Marcos — seu rival na vida e na história — tinha sido bom de escrever. Mas não deixava de pensar "Bem feito!". Porque nas emoções que podia comandar, ele tinha perdido. Sentiu uma saudade estranha da Laura, não a saudade que a gente sente de alguém que foi embora pra sempre, era mais uma saudade de quem ainda não chegou. Talvez fosse só o vazio das vidas que morrem no fim da história. Muita gente perambulando sabe-se lá por onde. É difícil desapegar da morte depois da vida.

Pensou nos poetas tísicos sem os dramas do século XIX. Soltos por aí, obrigados a amar só a si mesmos, por falta de objeto. Onde estariam espalhando os poemas, os sonetos, depois do ponto final? Profissão dura, essa, de inventar gente, se apaixonar e depois ter que mandar todo mundo embora. Talvez se acostumasse com os próximos livros — porque já estava viciado —, talvez se acostumasse com esses fantasmas de luz do dia. Uma legião sem epígrafe, os personagens. Todos com nome próprio. Mesmo que sem batismo. Pensou na radiografia da Clawdia Chauchat, a fotografia que Castorp carregava como talismã. As selfies de ontem. Onde mais caberia o livro numa era de nuvens? Não as cor de chumbo, as brancas, as rosadas de fim do dia, mas as que a gente não vê. Ela tinha ido embora da página, mas não da nuvem dele. Ameaçou melancolia, mas espanou o sentimento lembrando que nem os humanos tinham vida depois da história, a não ser uma possibilidade vaga, pros que acreditam. Mas ele não tinha a tal da fé. No fundo, não tinha muita diferença entre ser de verdade e ser de mentira quando os fatos acabam.

Talvez nunca mais cruzasse com aquela mulher que ele viu na calçada num dia qualquer de chuva. Provavelmente nunca saberia seu nome. Ela, também provavelmente, nunca suspeitaria que tinha sido musa. Já aquela por quem tinha se apaixonado, a inventada, não passava de um pedaço seu. Um pedaço pra sempre recortado entre capa e contracapa, com o luxo das orelhas. Espremeu *A Montanha Mágica* entre *Os Miseráveis* e *A Casa dos Espíritos* e grudou o papelão da caixa com fita crepe. Se fosse mesmo vocação, já, já estaria pensando em outra gente. Já, já se apaixonaria de novo. No fundo, a vida não passava de ficção.

Olhou as caixas empilhadas, encostadas nas paredes manchadas de fim. Fim que era recomeço. Tinha virado pai e ex-marido, finalmente. Tinha gravado tudo em papel, pra poder virar a página. Tinha virado autor. Da ficção e da própria vida. Era pra estar feliz, mas ainda não estava.

11

As caixas. Talvez não tivesse saída. Talvez precisasse abrir as caixas. Um zumbido estalou dentro do ouvido. O zumbido virou buzina. A buzina, pneu rasgando o chão. A sirene de um carro de bombeiro. O fogo. O metal retorcido, quente. Pedaços de uma memória que não era sua. Uma dor que não teve tamanho. Barulho do lado de dentro, fora tudo rodando. Achou que fosse morrer. Se morresse talvez fosse bom. Morrer talvez fosse a saída. Fechou os olhos e esperou. O silêncio. O nada. O sossego. Mas nada disso vinha, o barulho aumentava. O chão girou, as paredes giraram, as caixas ficaram de cabeça pra baixo. Agarrou o próprio corpo pra não cair.

Acordou suando, o pijama ensopado, o escuro do quarto coberto das sombras do lado de fora. Noite. Sempre era noite, mesmo quando era dia. Teve vontade de gritar, mas pensou que acordar alguém não faria o susto passar. Respirou e respirou, até o coração voltar pro peito. Abriu a janela. Na rua, Ipanema continuava a mesma. A calçada, a rua de poucos carros de madrugada, a praça que lembrava a ilustração de um livro qualquer. Secou as gotas da testa, sentou na cama. Tanta coisa passando rápido na cabeça, deixou os olhos chorarem. Mas sentiu que o luto estava perto do fim. A vida é acidente. Mesmo quando os acidentes não acontecem, pensou. As caixas, aquelas caixas que pesavam fora do ombro. Era tudo de verdade. Tomou um gole d'água. Olhou mais uma vez pela janela. A Casa e Vídeo lá longe, coberta da sombra da noite e do passado. Amanhã ia cuidar de acordar. Pra sempre. Deitou e puxou o edredom até o pescoço. Se até a vida passa, a dor também é coisa de acabar.

Ouviu a maçaneta girar, percebeu o facho frágil de luz amarelada invadindo com palidez o quarto. Mas já estava naquele estado de quase morte novamente. Ficou imóvel na cama, esperando que a luz desistisse. Até que a porta fechou outra vez, depois de um suspiro. Amanhã acordaria de verdade. Amanhã abriria todas as caixas. Hoje, ainda não.

12

Na confusão das caixas, a campainha tocou. Ele se livrou da fita crepe embolada na mão e foi abrir a porta. Era Helena, já com barriga de seis meses.

"A Júlia pediu pra eu subir."

"Fez bem."

"Mãe, vem ver o meu quarto!"

Helena olhou pra ele, sem saber se sim ou se não.

"Vai lá. Ela que escolheu tudo."

A ex-mulher sorriu de melancolia. Melancolia do alívio de uma dor que passou e a da certeza de que aquela era uma história alquebrada pra sempre. Mas gostou de conhecer a casa do homem que um dia tinha amado e era pai da sua filha. Achou tudo claro e arejado, e se surpreendeu ao descobrir que Edgar tinha bom gosto. Quando conheceu o ex-marido, ele era só um jovem fora de época, ocupado com a tortura da pouca idade. Depois foram morar na casa do pai dele. O apartamento já estava vazio há tanto tempo que não lembrava mais do contato humano. Ela tinha pendurado quadros, escolhido a mesa de jantar, comprado os lençóis pra cama de casal que a sogra nunca se lembrou de tirar de lá. Agora via as preferências dele, a cor escolhida pra cada parede — quase todas brancas, mas registrou uma vermelha no escritório, uma laranja no quarto da filha. Júlia abriu os armários novos, mostrou o banheiro da suíte, apontou pra colcha de bicicletas coloridas — todas sem rodinhas. À mãe, coube ficar feliz pela menina. E por que não pelo homem que agora parecia mesmo um homem? Ela se despediu dizendo que tinha que ir. A pequena nem ligou, entretida com as roupas que pendurava nos cabides. A vida era guardar coisas nas gavetas. As que não serviam mais iam embora, como qualquer memória.

    Na sala, parabenizou Edgar. Ele agradeceu sem fanfarrice, era mais discreto que isso. Claro que sentia o peso da vitória no bolso. Era livre, não tinha mais o passado nas costas. Mas ela não deixou de perceber uma tristeza diferente, não aquela acompanhada de rancor que já conhecia. Disse que tinha recebido o convite do lançamento. Ele respondeu que estava feliz, que terminar é bom e é ruim. Não conseguiu guardar um sorriso sem dono. Helena não respondeu, sabia que quando se fala de uma coisa às vezes o assunto é outro. Pra ele, o processo tinha sido intenso. Vivo. Aí acaba e parece que não sobrou nada, ele deixou escapar.

"Sempre sobra." Helena cuspiu sem pensar.

Ele olhou pra ela e foi bom o que viu. Viu o perdão do dia seguinte, a parte leve da tristeza que vai embora. Abraçou a ex-mulher e foi um abraço de verdade. Dela e dele. Fechou a porta atrás da mulher do seu passado com a sensação de acordo de fim de linha. De trégua. De fim de chuva.

////

De noite, no silêncio da casa montada, pensou nela de novo. Na Laura. Mulher inventada de quem tinha tirado a vida. Sofreu. Não era cavalheiro escrever um fim como aquele. Deixar uma mulher sozinha à beira de um penhasco pode ser uma imagem bonita, metafórica e assustadora. O amor que teve por ela enquanto rabiscava seu destino, o pavor diante da imagem dela assombrando o seu final feliz de escritor, a dor do coração partido. Apesar de tudo, decidiu que a ficção tinha vindo pra ficar. Olhou a pilha de livros já fora das caixas. Os guias de viagem dele misturados ao que achava maior. A literatura que tinha perseguido pelas linhas tortas da vida errante de rebelde até tão tarde. Com todo desacerto gostou da própria história. Gostou de ter perdido uma mulher e de ter precisado inventar outra pra roubar de alguém e se livrar do seu fantasma. Gostou de ter mudado de apartamento. Gostou de não ter saído de Ipanema. E gostou, mais do que tudo, de finalmente gostar da filha. Da menina de quem teve medo por tantos anos.

"Pai! Ainda tem pizza?" Lá vinha ela entrando na sala, o pijama cobrindo os pés descalços.
"Tem." Ele respondeu e os dois foram juntos pra cozinha. Ela parou no caminho.
"Vem, Eduardo!" E o cachorro veio marcando o corredor com as unhas.

• / / •

Ele parou na banca, no caminho. Ela tinha visto a mudança sair, a novidade entrar no corpo menos magro, o sorriso perder o vício do rancor.
"E a casa nova?" Perguntou querendo saber muito mais que isso.
"Bagunçada." Ele riu. Sem responder à pergunta subterrânea dela.
"É assim mesmo, daqui a pouco assenta."
"Ou não."
"Vai querer uma Stella?"
"Agora não. Vim dar um alô, só. Na correria nem me despedi de você."
"Até parece que você mudou de bairro."
"Verdade. Mas agora você não tá mais na minha porta."
Ela olhou pra ele. O duplo sentido não caiu bem. Os dois souberam disso imediatamente. É verdade que ele sabia que Marina estava ali quase à disposição. Ela também sabia, mas se deixasse a mágoa transparecer seria uma indiscrição. Ele, se pedisse desculpas, seria de uma grosseria sem piedade.

"Foi bom enquanto durou." Ela respondeu, com a sabedoria da mulher que não foi escolhida. O rancor não mudaria sua posição na fila. Talvez pra ela fosse mesmo bom que ele estivesse em outra esquina. Alimentar fantasma só no centro espírita. Mas ele continuou tenso. Apesar de saber maltratar uma mulher, não gostava de ver o resultado. Uma foi embora, outra ele expulsou, essa parecia triste.

"Fica tranquilo. A gente já fez a curva. Da idade e do romance." Ela aliviou pra ele. Riu. Aquele riso franco, riso de quem já chorou. "Vai pra onde todo arrumado?"

"Vou ver o livro pronto."

"Tá nervoso?"

"Tô feliz." Mas estava carregando um negocinho mais escuro junto. Deixou o rosto pesar. E o silêncio da rua movimentada ficou entre os dois um minuto.

"É assim mesmo." Ela falou, mediúnica. "Quem não carrega um pouquinho de tristeza não sabe o que tá perdendo."

"Disse tudo."

Ela respondeu com um sorriso que fez com que ele se lembrasse da garota de Ipanema que ela já tinha sido. Das gargalhadas com baseado e biscoito Globo no Arpoador. Do pastor alemão que ela tinha. Das festinhas do final dos anos oitenta. Da larica no Gordon. Da vitamina de creme de abacate do Balada. Do queijo-quente delícia. Tantas perdas no caminho. Que bom que lembrava. Gostou dela ali naquela esquina como gostava na juventude. Sem amor.

"Bom, deixa eu ir."

"Boa sorte."

"Pra você também."

Edgar foi, as mãos nos bolsos de quem se desconcertou. A vida desconcerta mesmo. Coisa incrível. Marina não teve coragem de perguntar, mas sabia que aquela mulher estava fora da vida dele. Mas que não era ela a outra pro lugar da ex-mulher. Pensou "Que bom, quem sabe agora vou conseguir amar de verdade", e entrou na banca, encarando as prateleiras de Tio Patinhas e Marie Claire como seu oráculo de vida real.

/ / / /

O livro na mão. A capa dura, as páginas grossas. Nunca tinha sentido *frisson* tão grande, mesmo já tendo passado por isso. Era diferente, parecia novidade. E era. Estava largando a mochila, penteando o cabelo, fazendo vinco na calça.

A capa era o vulto de uma mulher. E isso fez com que pensasse nela. Na Laura. Na cara-metade de mentira. Na pessoa que tinha feito ele pôr tudo a perder. Um personagem é uma alma presa na gaiola. Tinha lido isso em algum lugar, não sabia se num grafite de muro, se na alta literatura, se numa entrevista na Playboy. Mas agora que lembrava, a frase virava uma espécie de cárcere privado pra ele.

"Ei, psiu."

Foi quando se deu conta da mão da Susan acenando na sua cara.

"Desculpa, tô meio lerdo com isso tudo."

"Normal, *chérie*. No décimo você acostuma."

Ele riu e prestou atenção nas prateleiras do escritório.

Espalhadas entre os manuscritos muitas fotos, quase todas dela mesma. Sempre rindo, drinque na mão, maiô ou sarongue, um sol se pondo alaranjado como em qualquer capa de caderno.

"Se eu não me diverti na vida, pelo menos me esbaldei nas fotos." E soltou uma gargalhada que só quem é capaz de rir de si mesmo pode dar.

"Você é que sabe viver, Susan."

"Eu sou da geração mertiolate que arde, como diz um amigo meu. Essa juventude de hoje não sofreu nem com arranhão."

"Taí uma verdade." De repente ele prestou atenção numa foto quase escondida numa prateleira ao rés do chão. Era a Susan, bem mais nova, segundos antes da adolescência, cara a cara com uma menina da idade dela. As duas de perfil, a imagem amarelada, manchada, polaroide que perdeu pro Instagram.

"É você?"

O rosto dela nublou.

"Sou eu."

"E a outra?" Edgar perguntou, pensando que aquele rosto estava em algum lugar dentro dele, fazendo mossa não sabia onde.

"Minha melhor amiga desde o jardim de infância. Linda, fotógrafa, bem casadérrima, marido jornalista, gato e *cool* até dizer chega, uma teteia de filha. Sabe casal de filme? Eram eles."

"Eram? Eles morreram?"

"Ele. Ela não."

"Como?"

"Eu fiz a ponte pra um livro dos dois com uma editora irlandesa. Você nunca chegou a cruzar com ela aqui na editora, não?"

Edgar espichou a memória, mas não lembrou de encontro de elevador, esbarrão de escada, porta de banheiro nem sala de espera.

"Não lembro." Respondeu meio vagamente, a pulga roçando a orelha, o coração apertado — talvez só mesmo porque sabia que ia escutar uma história triste.

"Bom, viagem marcada pra Dublin, a casa encaixotada, eles foram passar um final de semana na serra." Ela parou de falar, os olhos já prestes a entregar as lágrimas. "Estava chovendo, era de noite, eu disse que era melhor ir no dia seguinte... mas sabe como é mulher, né? Quando bota uma coisa na cabeça, não tira nem pra lavar. Ela disse que nem pensar, já tinha encarado uma Casa e Vídeo pra comprar uma pipoqueira."

"A de Ipanema?" Ele perguntou e encarou a editora, como se dela pudesse vir a resposta a uma pergunta que ele não tinha feito.

"É. Por quê?" Ela aproveitou pra despistar a tristeza dos olhos, com todo cuidado pra não borrar o rímel. Como se uma memória triste pudesse ficar presa nos cílios.

"Nada. Uma imagem que me ocorreu."

"Uma desgraça sem tamanho por causa de uma panela. Coisa mais idiota a morte. Eu sempre penso que se não fosse isso, se ela não tivesse ficado na fila, se tivesse pegado a estrada direto, sem passar naquela porcaria de loja na hora do rush, se tivesse saído antes do sol ir embora, antes da chuva..." Teve que parar de falar mais uma vez, o choro querendo esculhambar a maquiagem e tirar a dor da caixinha.

"Acidente?"

"Ela dirigindo."

"E a filha?"

Susan baixou os olhos, lutando contra o nó sem gravata embaralhando a garganta.

"Só ela sobreviveu, não sei se felizmente ou infelizmente." Susan se calou, se desse mais um detalhe precisaria ser interditada. Como quando encontrou a amiga em coma no hospital. Nunca tinha vivido nada tão insuportavelmente triste. Uma dor sem tamanho. A família inteira sem saber no que acreditar. A amiga linda cheia de cortes pelo corpo, desacordada. Coisa que só mais tarde Susan entendeu ter sido a melhor parte. Depois que ela abriu os olhos, o terror começou de verdade. A mulher perdeu o prumo, o viço, a vontade e a ternura. Do hospital foi direto pra casa, jurando que estava bem. Não quis ninguém por perto, insistia que sabia o que estava fazendo. E sabia mesmo, porque bastaram 48 horas pra Susan ir visitar a amiga e encontrar um resto de ser humano de olhos fechados, funções vitais desistindo de dar sinal. Susan chamou a ambulância e em seguida ligou pra mãe da amiga, que ligou pra tia, que era psiquiatra e correu pra lá. A sobrinha foi direto pra uma clínica de repouso. Ou sei lá como se chama isso hoje em dia. Meses, muitos meses em terapias pós-trauma, pós-isso, pós-aquilo, a vontade de viver que não queria voltar de jeito nenhum, as visitas que ficavam de paisagem, porque ela não queria conversar com ninguém. Toda vez que ia lá, Susan voltava aos prantos, pensando em como a vida pode ser traiçoeira, já que a morte, em certos casos, pode ser um alívio pra quem está no olho do furacão. Não sabia se desejava que a amiga tivesse conseguido o que queria com a dose cavalar de Dormonid ou se ela ia acabar reagindo, mesmo parecendo um fantasma menos pálido naquela clínica.

Finalmente voltou pra casa, mas ainda dormia mais que acordava, ainda sonambulava pelas ruas de Ipanema, ainda carecia de vigilância vinte e quatro horas por dia, sete dias por semana. A tia que entendia de problemas de cabeça tinha se mudado pra lá. Acompanhava a sobrinha como sombra, resgatava no meio da rua, abria a porta do quarto no meio da noite, dava notícias pra Susan. A mãe da amiga sofria demais perto e demais longe. O pai já não era vivo. Não perdeu neto nem genro, não passou meses sem saber se perderia também a filha.

"Susan?" Tudo isso passando pela cabeça da Susan enquanto Edgar ali na frente, do outro lado da mesa, começava a desconfiar que a editora pudesse estar tendo um piripaque.

"Desculpa, Edgar, eu te amo de paixão. Se você me quisesse eu largava tudo e ia pro Cazaquistão com você, mas eu realmente preferiria mudar de assunto. Pode ser?"

"Claro." Ele respondeu, sabendo que a mulher tinha se perdido num mar de dor antiga, e a estranheza daquilo tudo também se plantou na cabeça dele. Tentou não se lembrar da mulher da echarpe, do fim de tarde chuvoso, e também tentou não se deixar embalar por aquela tristeza que só a morte em vida é capaz de desaguar. Passaram a discutir os detalhes do lançamento, o evento que materializa a figura de carne e osso daquele ou daquela que se dedicava a contar mentiras e fazer os outros pagarem por elas. Susan quis saber se ele ia querer aquele vinho branco safado com amendoim, flores na mesa, se ele tinha uma caneta de estimação pra assinar os autógrafos. Ele preferia uísque e água mineral, comida nem pensar, que livraria não é lugar de juntar farelo, flor é sempre melhor do lado de fora e, em vez de caneta, lápis, pra pessoa poder apagar a bobagem qualquer que ele escrevesse embriagado como forma de amor. Mas enquanto falavam do que interessa, só uma coisa rabiscava o corpo dele. A imagem apagada da menina da foto perdida na prateleira.

13

Acordou como quem sai de um coma profundo. A boca abriu buscando um gole de ar, a sensação de estar se afogando e finalmente encontrar o teto da água. Os olhos primeiro não enxergaram nada, só a bruma do sonho, de uma história que não parecia sua. Lembrou de um homem que não tinha rosto. Um dono, um amor que não conhecia. Achou que tinha sonhado muito tempo. Uma vida completa, com drama, romance, conflito. Um livro. Abriu a janela e deixou o ar da praça entrar no quarto. A praça. Tinha levado a filha pra andar de bicicleta ali mil vezes, tinha cruzado apressada, passado de carro na hora do rush, olhado de cima. Tanta gente que via, tanta gente de quem nunca ia saber o nome. A mulher da banca. Tinha uma inveja escondida da mulher da banca, porque ela andava de macacão e de bicicleta e não parecia rabiscada pela vida adulta. Percebeu que nunca tinha perguntado o nome da mulher da banca. Pensou que conhecia tanta gente de Ipanema e que nem isso tinha feito seus dias mais fáceis depois do acidente. Pensou que andar na rua tinha ficado difícil depois de perder o amor. Encarou a fachada da Casa e Vídeo lá do outro lado. Saiu da janela, porque hoje, pela primeira vez em muito tempo, pensou no futuro.

Olhou em volta e deu com as caixas todas abertas, as fotos por toda parte, o suor escorrendo dentro do corpo, as palavras girando no espaço, o grito perdido em algum lugar, o fio desencapado. O passado desembalado. Apoiou a mão na mesa ao lado da cama, o quarto girando. Olhou aquilo tudo como se fosse a primeira vez. Reconheceu os móveis, as coisas, as cores. Não sentiu amor. *Seus olhos foram confiscados pela fotografia* em cima de uma das caixas: era ela na foto. Era a filha. O marido. A família perfeita.

Pensou no carro rodando no meio da estrada de chuva, a filha gritando, o marido no silêncio de quem vê a morte de perto. Ela ao volante. Lembrou do cheiro de borracha queimada. Do barulho ensurdecedor da buzina. Dos pneus. Do caminhão, lembrava da cor vermelha, do mugido desesperado das vacas lá dentro. Morreram. Todas. Ela também tinha morrido. Em vida. Tinha perdido tudo e mais um pouco.

Há muito tempo não pensava nisso. Há muito tempo não pensava em nada. Há muito tempo ia só na Casa e Vídeo. Nunca sabia o que queria na loja de departamentos, mas agora lembrava da panela de pipoca. Queria comprar uma panela de pipoca. Pra levar pra serra. Pensou que, no fundo, queria que a casa de campo fosse a vida real e não o fim de semana. A pipoca era pra encher o feriado de cinema. Era pra ver a filha explodir de felicidade junto com o milho. Pro marido botar o filme e os três se enrolarem no cobertor xadrez. Pro frio ficar do lado de fora. Pro escape da cidade ser mais de revista. Pra vida parecer um longa-metragem. Pro natal não ter só rabanada. Pra neve que não tem no Brasil ter inveja. Pro dia vinte e cinco de dezembro ser mesmo feriado. Pra não ter que comer em restaurante. Pra rir uma semana de pensar que a família era tudo. Pra não perder o gosto do tempo. Pra não precisar ter cachorro na cidade. Pra usar o jipe com tração nas quatro rodas. Pra ver as hortênsias que Ipanema não tem. Pra comer croquete de carne no caminho. Pra usar as botas dr. Kildare. Pra tomar vinho e comer macarrão. Pra tirar foto e colocar no álbum. Pra ler sem ter que marcar página. Pra não fazer nada e não ter culpa. Pra ver a filha correr no jardim. Pra namorar de noite. Pra encontrar os vizinhos. Pra comer na mesa de madeira da cozinha. Pra tomar banho de piscina. Pra dormir cedo. Pra dormir tarde. Pra ouvir o uivo do lobo. Pra filha não querer mais chegar aos quinze. Pra ir só com o marido e se preocupar com a menina sozinha em casa, no Rio, adolescendo nos finais de semana. Pra esperar a velhice no alto da colina. Pra ver a vida do abismo.

    Mas a história deles tinha parado no meio do caminho. A dela não.

    Hoje, quase dois anos depois, saiu do sonho. Hoje, quase dois anos depois, olhou as caixas abertas. Depois do acidente, depois de enterrar o marido e a filha, depois de sentir uma dor que nunca vai passar, depois do inquérito e do caso encerrado, depois de saber que a culpa foi do caminhão, depois de saber que o motorista do caminhão também estava morto, depois de chorar sem pena, depois de se trancar em casa sem ver a luz do dia, depois de quase morrer de remédio, depois de seis meses numa casa de repouso, depois de uma quantidade incontável de comprimidos e sessões de terapia, depois de ver a mãe perder a esperança, depois de assustar os amigos de infância, depois de achar que tinha morrido, viveu.

Saiu do quarto e reconheceu as paredes do corredor. Passou por um quarto infantil, decorado com *papel de parede de céu*. Estancou. Não queria entrar ali. Quando viu *o urso de pelúcia jogado num canto*, encostado na parede, achou que ia ter ânsia de vômito. Mas não teve. Pela primeira vez em tanto tempo achou que podia seguir adiante. Entrou. Passou a mão nas paredes, no pelo sintético do urso, lembrou da gargalhada da filha. Sentiu tanta tristeza, mas uma do tipo que tem resignação, do tipo que pede desculpas. Porque apesar de tudo, estava viva. E viveria.

Saiu do quarto e seguiu reconhecendo o mundo antigo. Viu *o sofá de couro velho com a manta displicentemente jogada — mas que a empregada arrumava todos os dias de modo a manter o calor da vida diária, a escada que levava ao sótão, coberta de carpete velho e vermelho*, a porta do escritório do marido.

Ele era jornalista, ela era fotógrafa. Estavam encaixotados porque iam se mudar. Iam pra Irlanda. Passar um ano. Um livro que iam fazer juntos. Pela primeira vez. Texto dele, fotos dela. A filha, aos sete, estava achando tudo incrível. Não tinha medo de deixar os amigos do colégio nem de mudar de língua. Ela achou corajoso. Quase dois anos depois e as caixas estavam no mesmo lugar. Quase dois anos depois e a vida estava no mesmo lugar. Quase dois anos depois e ela ainda não tinha vivido. As lágrimas não quiseram nem saber e foram escorrendo de qualquer jeito, sem governo nem permissão. Deixou, porque já fazia tempo que não deixava.

Depois do tanto internada, finalmente voltou pra casa. Com acompanhante. Tinha vigília de manhã, de tarde, de noite. De vez em quando escapava, eram as vezes da Casa e Vídeo. Não sabia quanto tempo ficava parada ali, não tinha ideia. Às vezes reparava alguém olhando esquisito, um dia um homem devolveu a echarpe. Não lembrava da cara dele. Lembrava dos olhos desvairados, do cabelo encharcado (chovia pra ele também), da bochecha vincada e da boca carnuda mas desassossegada. Talvez fosse o homem do sonho. Pensou, mas desistiu. Não fazia sentido.

Quase sempre voltava pra casa sozinha. Uma vez ou outra, a tia tinha que ir buscar. O porteiro do prédio do lado ligava pra mãe, que ligava pra tia, que ia fazer o resgate. Já ia acontecendo desse jeito há algum tempo. Ela não ligava nem de ser olhada nem de ser buscada. Vivia em outro lugar, seu relógio batia outra hora, seu coração estava parado. Em silêncio. Mas hoje, sabe-se lá por que cargas d'água, foi diferente. Hoje encarou as caixas, hoje empurrou a porta, hoje não quis ir na Casa e Vídeo.

Chegou na cozinha e deu de cara com o perfil concentrado da tia, que lia Milan Kundera na mesa redonda de tampo de mármore. *O cabelo branco e curto, uma pinta bem acima do lábio superior à direita*, o cuidado de uma mãe. A camisa xadrez. Helga. Teve uma sensação estranha. Um flash rápido da tia numa dimensão que não era aquela. Prestou atenção na figura que parecia de desenho animado, mas que era na verdade uma mulher forte como poucas, razão inclusive de continuar viva. Psiquiatra fortíssima, de forno e fogão. O marido, tio preferido, tinha morrido uns dez anos antes. Ser humano da maior qualidade, culto, professor de astronomia. Lia sem parar sempre que não estava trabalhando. Morreu de repente, de um sopro, em casa, fazendo o que mais gostava: lendo *A Casa dos Espíritos*. A casa sempre é dos espíritos.

Helga ficou engavetada, a expressão só pode ser essa. Não chorou durante cinco dias, passou mais vinte organizando coisas, pacientes, hospital, depois viajou pra Índia. Passou três meses e meio sem dar notícia, voltou como se nada tivesse acontecido. Envelheceu o assunto, deixou que pertencesse ao passado. As marcas, expôs todas: nas rugas, no branco da cabeça, na jogatina de toda terça-feira que criou com as amigas na aposentadoria. Hoje, cuidava da sobrinha porque sabia onde ela estava andando. Sabia que a solidão dessa hora precisa ser acompanhada. Sabia porque não teve acompanhante. Levou mala e cuia pro apartamento da filha da sua irmã. Montou acampamento e esperou. Medicou o fundamental, preparou comida, pagamento, molhou planta e não mexeu em nada. Não tirou nem uma caixa do lugar. Sabia que a outra ia precisar voltar pra esse mundo. Quem tinha que saber o que fazer com ele era ela.

"Que dia é hoje?" Laura perguntou, tirando a tia de uma página qualquer.

"Quarta."

"Que horas?"

"Cinco e quarenta e cinco." A velha disse, olhando o relógio de pulso.

"Tem café?"

"Sempre."

Helga deixou o livro em cima da mesa, ligou a máquina, esperou o botão parar de piscar, botou a cápsula dentro, e apertou o play. Pegou o leite na geladeira. Esquentou no micro-ondas. A sobrinha gostava de um pouco de leite no café. Desde pequena. Só pra quebrar o preto. Gostava de cappuccino também. Ela sentou, botou os pés de meias em cima da cadeira, puxou a manga comprida da blusa de malha e apertou os joelhos.

"Tá frio."

"Tá."

"Um dia passa?"

"Um dia passa, meu anjo. Eu juro."

As duas ficaram em silêncio, só o zunzum da máquina cuspindo café na xicrinha. Ela pensando no "meu anjo", a tia vindo pra mesa. Beberam quietas.

"Eu queria ser a Clawdia Chauchat. Aquele homem obcecado, com o pulmão ruim, carregando a radiografia dela... uma das coisas mais lindas que já li." Ela disse e riu enquanto a tia colhia o restinho da espuma do café de máquina do fundo da xicrinha.

Helga disse que volta e meia relia *A Montanha Mágica*, porque achava que a vida era um pouco tísica. A sobrinha suspirou. Da montanha queria distância.

"Eu tive um sonho louco. Eu não era eu exatamente, você me dizia umas coisas doidas. Mas também não era você, entende? Sei lá, era estranho. Mas era bom. Chovia sem parar. Tá chovendo?"

"Chuviscando."

"Acho que eu quero sair, hoje."

Helga olhou pra sobrinha, preocupada.

"Sair de verdade. Não vou na Casa e Vídeo."

Helga quis suspirar, mas achou melhor não avisar do alívio. Quando alguém sai do abismo, precisa de normalidade, não de lembretes de insanidade.

"Susan ligou."

"Quando?"

"Todo dia." A tia disse e sorriu. "Mas hoje ela ligou também."

"Tá passando algum filme bom?"

"Não sei, mas a gente olha no jornal."

"Acho que o último que eu vi foi *O lugar onde tudo termina*. Ruim. Fui com a Susan. De tarde. Num sábado. A Ju estava em Araras."

"Comigo."

"Isso. Com você e a mamãe. O João foi também, nesse fim de semana, não foi?"

"Foi. Com a chata da mulher nova."

Laura riu. Lembrou da namorada do irmão. Chata mesmo. Hipster. Usava uns óculos grandes com lente sem grau. Comia tudo sem glúten.

"O telefone da Susan ainda é o mesmo?"

Esse foi o sinal mais claro de que a sobrinha tinha acordado do assombro.

"É."

"De repente ela quer ir ao cinema."

"Liga. Ela vai ficar feliz de ouvir a sua voz."

A sobrinha levantou e deu um beijo na testa da tia. Um gesto comum, mas tudo aquilo que não tinha sido dito veio nos lábios dela mesmo assim. Antes de desaparecer no corredor, virou e encarou a velhota: "Obrigada." Sorriu e arrastou as meias pelo piso de taco. Helga se livrou do peso nas costas. Ela vai sobreviver, pensou. Era a vida voltando da morte, a lucidez empoeirando a loucura. Era o desfibrilador funcionando. Sozinha, comemorou.

/ / o /

Na livraria já estava tudo organizado. Susan, comendo um sanduíche no restaurante de cima. Faminta. Gostava dos dias de lançamento, do corre-corre, de gente entrando e saindo, dos salgadinhos mais ou menos, que hoje não comeria por culpa do autor, da água em copo de acrílico. Gostava daquele mundo que o iPad talvez roubasse. Achava o papel uma coisa incrível, um produto da natureza, um desdobramento palatável da paisagem. Uma árvore era uma beleza. Ao vivo e em fotografia. Um livro... um livro era aquilo tudo em pensamento. Amava o livro.

A última mordida do *croque monsieur* ainda na boca, o telefone tocou. Limpou a mão no guardanapo, deu mais um gole na água tônica, ouviu o quarto toque e atendeu. Disse "alô" de boca cheia. E não acreditou que a voz que vinha do outro lado — da linha e da vida — era dela. Amiga que tinha andado no calabouço da dor, que tinha visto o coração quase parar, que tinha visto a morte de dentro.

"Que bom que você ligou..."

> Era uma mulher estranha, cujos vestidos
> pareciam ter sido inventados em um dia
> de fúria, e usados em dia de vendaval.
> OSCAR WILDE

Estava frio na rua. A quase noite já sem chuva. O asfalto molhado, o meio-fio com poça. A mão da filha na dele era o calor da vida inteira, o tamanho de quem ainda não cresceu. Não falavam do livro nem da noite de hoje. O assunto eram as férias de julho, a viagem pra Disney, a vida mais que ordinária. Ele nunca tinha ido pra Disney. Nem pequeno nem grande. Nem a passeio nem a trabalho. Seria sua primeira vez também. Discutiam os brinquedos possíveis e os censurados, a ida de carro pra Key Biscayne. A pescaria, os mergulhos, os dias de nada de pai e filha. O vento soprou mais forte e ele abraçou a pequena.

"Vai ser legal." Ela comemorou.

Ele pensou "Vai". Pensou "Está sendo". Mas não respondeu. Sentado à mesa dos autógrafos, a foto que credencia qualquer escritor, alheio ao burburinho que já começava, antes de pegar o lápis no bolso, sem encostar no copo de uísque com gelo derretido, lembrou da voz dela. "Obrigada", ela tinha dito. Por causa de uma echarpe no chão. E foi só isso. Mas só isso fez com que o mar de coisas sem dizer e sem sentir dentro dele explodisse. Ela agradeceu e ele também. Naquele dia, foi pra casa com o rosto daquela *mulher com cheiro de cachorro-quente em Nova Iorque* grudado na cabeça. Naquele dia, a mulher que ele nunca tinha visto antes abriu uma vida nova pra ele. Naquele dia, depois de discutir mais uma vez com a ex, depois de chorar mais uma vez pela ex, depois de quebrar mais um copo em casa pelo homem que beijava a ex de noite. Naquele dia, inventou um amor novo. Naquele dia.

Talvez nunca mais visse aquela mulher. Aquela alguma coisa nos olhos dela. Aquela alguma coisa no corpo dela. Alguma coisa. Ficou. Grudou. Alguma coisa empurrou aquele homem pra longe da juventude. Expulsou o medo.

Hoje, sentado ali, esperando gente pra pagar por isso, teve saudade dela. Quis que fosse verdade. Quis que o que tinha transformado em palavras fosse a vida real. Hoje ele quis que fosse aquele dia de novo. Quis a chuva fina no meio da calçada. Quis o abandono do encontro sem data marcada. Quis o assombro do coração. Não sabia quem ela era e quis voltar atrás. Quis perguntar o nome, quis pedir o endereço. Quis saber da Casa e Vídeo. Tinha inventado tanta coisa sobre ela. Tinha misturado a sua história na dela. Tinha dado seu desafeto pra ela. Tirado. Beijado. E agora não achava justo.

A primeira da fila foi a moça da banca.

"Eu tô aí?" Ela perguntou, querendo e não querendo.

"Um pouco."

"Parabéns."

"Se não gostar do livro, não vai poder retirar o parabéns."

"Se eu não gostar, você não vai saber."

Ela riu, ele assinou e entregou. "Que bom que você veio."

"Imagina se eu ia faltar."

Ela acenou com a cabeça e saiu da fila. Logo atrás era muita gente. Gente que ele não via desde a juventude, a infância, semana passada, ontem. Pensou que queria falar com aquelas pessoas que apareciam ali, molhadas de chuva — finalmente chovia de novo — pra não esquecer o começo de tudo. Pensou que o aniversariante da noite de autógrafos não participa da festa. Pensou que todo mundo estava ali por ele — pro bem ou pro mal — e não ia saber o que falavam. Foi assinando um livro atrás do outro, lendo nomes nos papeizinhos, mesmo os que sabia de cor e salteado. Dedicou *me perdoa* pra ex-mulher, *te perdoo* pro atual marido, *obrigado* pro pai e pra mãe, *saudade verdadeira* pra amigos que não via há décadas, *você só vai ler mais tarde* pra filha, genéricos pra muita gente. Se achou piegas e comum.

Quando a fila escasseou, tomou um gole de uísque. Olhou o banner do próprio livro e achou que estava só começando. Viu Susan lá na porta. Fumando. Levantou, esticou as pernas, viu o movimento dos garçons recolhendo o fim da festa, os caixas esperando quem não vinha mais. Foi até a porta com a solidão de sempre. Tirou o maço do bolso.

"Esse, depois de muito tempo, é o melhor." Susan falou.

"Quase tudo depois de muito tempo é bom."

"Casa comigo?"

Edgar riu. Susan também. Ela disse que já queria o próximo. Ele pediu calma. Ela respondeu que calma não é pros fracos. Ele teve que concordar. Ela lembrou o dia em que ele sentou na sua frente com um punhado de papel impresso. Lembrou que ele disse que aceitava rejeição, mas não antes de ler. Lembrou que ela riu e quis ver o que estava escrito só porque ele era bonito. Nunca tinha lido os guias dele que vendiam muito na editora. Não era o selo dela e não gostava de viagem indicada. Era do tipo que queria se surpreender. E tinha se surpreendido. O manuscrito não era bom, mas podia ser. Lembrou que achou seu dever lapidar aquele homem. Era o que amava fazer. Nunca se casou porque achava os homens de verdade chatos. Gostava dos escritores porque eles eram um pouco de mentira. Poucas vezes se enganou nas escolhas.

"Se você me der um adiantamento, eu caso." Ele respondeu.

"Você escreveu o primeiro só de coragem e agora quer dinheiro?"

"Me profissionalizei."

Ela caiu na gargalhada, jogou o cigarro no porta-guimbas dos dias de hoje e disse que ia embora. Antes de entrar pra buscar a bolsa e a capa de chuva, conferiu o celular.

"Que horas são?" Ele perguntou, perdido no tempo.

"Onze e meia."

"Acabou tarde."

"Quem mandou conhecer muita gente?"

"Quer comer alguma coisa?"

"Você vai me odiar se eu não quiser?"

"Não."

"Eu sempre vou querer comer com você, mas hoje vou fazer *forfait*. Pode ser?"

"Se eu ficar puto, perco a editora."

"Perde mesmo! Sério, eu não vou porque preciso encontrar uma amiga que disse que vinha e não veio."

"Vai me trocar por uma mulher?"

"Vou, *chérie*. É caso antigo."

"Tudo bem, eu sou liberal."

Os dois se abraçaram, ela disse que estava feliz por ele, ele disse que estava feliz por ele, ela entrou. Edgar sentou no banco que Susan tinha mandado colocar do lado de fora. Terminou de fumar, olhando o pouco movimento de Ipanema na chuva. O toldo não impedia os respingos que o vento trazia, mas não ligou, porque a calma dos fortes fazia uma visita temporária na alma dele. Jogou sua guimba no guimbódromo, mas não levantou. Acenou pra Susan que passou de saída. Olhou pra dentro e viu que todo o resto encerrava o expediente. Decidiu que também ia embora.

Pegou o casaco na cadeira do autor. Olhou a livraria semivazia. Os livros, as estantes, as escadas. E ele ali no meio, fazendo parte de um planeta novo. Era como se tivesse dado a volta ao mundo, como se saísse da roda gigante, como se entrasse na fila de novo. Fechou os olhos, sentiu o peso dos ombros, os pés dentro dos sapatos, as pernas protegidas pelo tecido da calça, os pelos do peito encostando na camisa. Tinha sobrevivido.

"O senhor ainda vai precisar de alguma coisa?"

Era o último funcionário, bolsa a tiracolo na sua frente.

"Sempre."

O jovem olhou pra ele com uma ponta de desespero.

"Mas pode fechar. Eu também tô indo."

O alívio foi imediato e os dois se encaminharam pra saída. O rapaz rolou a porta metálica, trancou e disse boa noite.

"Parabéns pelo livro."

"Obrigado." Ele respondeu e observou o garoto — que devia ter menos de trinta anos e talvez quisesse ser escritor — caminhando em direção ao ponto de ônibus.

"Já fechou?"

Ele virou pra responder, mas não conseguiu dizer nada.

"Eu fui ao cinema, não sabia que ia acabar cedo."

O rosto estava diferente, o cabelo preso, a ausência nos olhos disfarçada pela sombra do guarda-chuva. Mas era ela.

Ela, que tinha feito da sua biografia quase ruim coisa de ficção. A mulher da echarpe. A mulher que só tinha visto uma vez na calçada, o suficiente pra inventar uma história de amor. O meu anjo, ele pensou. Lembrou da frase escrita num guardanapo de papel numa mesa de bar — pedaço do livro: *do futuro, ela volta pra mim.*

"Você veio pro lançamento?" Perguntou, pra dizer qualquer coisa.

"Vim. Quer dizer, vinha. Você também?"

"Também."

"Pena. Que tal o livro?"

"Eu não comprei." Ele disse e riu. Ela não entendeu o riso, mas prestou atenção na boca. Sentiu um arrepio de leve, a certeza de uma lembrança sem tempo.

"Eu não te conheço de algum lugar?"

Ele não soube responder. Quis dizer que sim, que tinham se visto rapidamente em frente a uma loja de departamentos na Visconde de Pirajá, mas achava que ela não tinha prestado atenção. Quis dizer que por causa dela ele estava ali, na porta da livraria, que por causa dela tinha voltado a viver. Quis dizer que pensava nela toda hora, que sempre quis que ela fosse verdade, mas não disse. Olhou instintivamente pra vitrine, pra foto da capa do seu livro, que era ela de mentira. Só então ela se deu conta das pilhas do romance lá dentro, da foto dele estampando as orelhas.

"O livro é seu! Que vergonha! Desculpa. É que eu andei fora do ar um tempo." Ela disse sem jeito, como quem aceita bala de um estranho.

Ele teve medo de piscar e perder a mulher de vista. Medo de dizer qualquer coisa que desfizesse a alucinação. Agora reconhecia nela também a polaroide do escritório da editora. Não era possível, era ficção demais pra ser de verdade.

"Parabéns." Ela disse e apontou pro livro, sem saber o que fazer logo depois. Muito tempo que não andava no mundo dos vivos, não sabia nem se era comum conversar com alguém que não conhecia na porta de um lugar fechado. "Bom, eu vou indo." Arriscou.

"Você tá a pé?" Ele perguntou, porque foi a única coisa que ocorreu pra impedir a mulher de ir embora.

Ela fez que sim.

"Eu também." Ele disse, mas achou a frase sem sentido, um pedaço de diálogo de iniciante. Ela esperou os segundos que se espera depois de um comentário desse tipo, mas como nada indicasse o parágrafo seguinte, começou a andar. Ele deu um passo ao lado dela. "Posso?"

Ela não respondeu sim nem não.

"Você não é maluco, é?"

"Acho que não."

Ela riu. Ele estendeu a mão.

"Edgar."

"Laura."

Laura. O nome fez ruído dentro dele. Laura, a sua Laura. A eterna ausência de qualquer poeta. Em carne, osso e pingos de chuva. Quase um soneto. Mesmo sem o metro. Sempre e ainda a musa dos trezentos e sessenta e seis poemas de Petrarca. O buraco entre o observador e o observado preenchido ali, numa rua qualquer de Ipanema, na esquina onde o sonho encontra a realidade. Laura, a mulher inatingível, um madrigal palpável. Era bom demais e era verdade. Era o *payoff* de qualquer escritor. E o desejo delirante de toda história de amor eternizada em livro.

Os dois foram andando debaixo do guarda-chuva dela, os pingos deslizando no náilon colorido. O que eles falaram ninguém ouviu, porque a vida real não existe no livro.

AGRADECIMENTOS

Obrigada

Marianna, sempre e por tudo;
Dave Sparling, por ter sido o primeiro a enxergar minha história;
Alessandra, por ter achado que valia um livro;
Silvia, por ter embarcado na minha viagem;
Nilce, pela dedicação, pela excelência e pela doçura;
Ruth, por existir e me dar de bandeja um personagem incrível;
Bel, Pedro e a casa da montanha, por inspirarem uma das minhas partes preferidas;
Bel Augusta, pela casa da praia, onde tantas palavras foram escritas;
Mãe, pai, Sonia, Bel K., Bel T., leitores corajosos, vorazes das primeiras versões;
Paula, por ter lido em voz alta;
Leonel, por ler, ler e ler tudo antes, sempre;
Eduardo, por me enxergar com essas lentes maravilhosas que são seus olhos;
Alex, pelo talento (sempre!) e pela lindeza das palavras que falam da minha história;
Joaquim, por falar dos meus seis dedos com todos os dez que sei que você usa com talento rutilante (quase um despautério!), diga-se de passagem. E pelos almoços nossos de volta e meia;
Martha, por ter me emocionado tanto depois de ler o livro antes de ser livro.

Vocês fazem parte dessa história. E da minha.

Copyright © 2016 Maria Clara Mattos
Copyright © 2016 Editora Gutenberg

Todos os direitos reservados pela Editora Gutenberg. Nenhuma parte desta publicação poderá ser reproduzida, seja por meios mecânicos, eletrônicos, seja via cópia xerográfica, sem a autorização prévia da Editora.

EDITORA
Silvia Tocci Masini

EDITORES ASSISTENTES
Felipe Castilho
Nilce Xavier

ASSISTENTES EDITORIAIS
Andresa Vidal Branco
Carol Christo

REVISÃO
Cristiane Maruyama

CAPA
Diogo Droschi
(Sobre imagem de Berry2046/Shutterstock)

DIAGRAMAÇÃO
Diogo Droschi
Larissa Carvalho Mazzoni

IMAGENS (SOB LICENÇA CREATIVE COMMONS)
Pg. 01 *Kity Kaht*, pg.10 *Jayson Oreder*, pg.62 *Edal Leterov*,
pg.94 *Mary Clark*, pg.110 *Pexel*, pg.120 *Pexel*, pg.138 *Tomas Leuthard*

Dados Internacionais de Catalogação na Publicação (CIP)
Câmara Brasileira do Livro, SP, Brasil

Mattos, Maria Clara

　　Depois da chuva / Maria Clara Mattos. – 1. ed. – Belo Horizonte : Editora Gutenberg, 2016.

　　ISBN 978-85-8235-363-9

　　1. Ficção brasileira I. Título.

16-00498　　　　　　　　　　　　　　CDD-869.3

Índices para catálogo sistemático:
1. Ficção : Literatura brasileira 869.3

A **GUTENBERG** É UMA EDITORA DO **GRUPO AUTÊNTICA**

São Paulo
Av. Paulista, 2.073,
Conjunto Nacional, Horsa I
23º andar . Conj. 2301 .
Cerqueira César . 01311-940
São Paulo . SP
Tel.: (55 11) 3034 4468

Belo Horizonte
Rua Carlos Turner, 420
Silveira . 31140-520
Belo Horizonte . MG
Tel.: (55 31) 3465 4500

Rio de Janeiro
Rua Debret, 23, sala 401
Centro . 20030-080
Rio de Janeiro . RJ
Tel.: (55 21) 3179 1975

www.editoragutenberg.com.br

Este livro foi composto com tipografia Electra Std e impresso
em papel Off-White 70 g/m² na Gráfica EGB.